Kanzo Sensei

肝臟大夫

坂口・安吾

Sakaguchi Ango

坂口・安吾 *Sakaguchi Ango* **（西元一九〇六至一九五五年）**｜原名坂口炳午，生於新潟的富豪之家，畢業於東洋大學印度哲學科。小學家、思想家、評論家、翻譯家——文學領域體裁很廣，筆觸延伸至歷史小說和推理小說、隨筆、藝評等等，創作力旺盛。二戰後，失望於日本社會的混亂狀態，精神上孤立無援卻未失去抵抗的意志。發表了文化評論《墮落論》、《白痴》等作品成為時代寵兒。與太宰治、石川淳等人被歸類為戰後無賴派，挑戰文學成規，反抗寫實手法，以反流俗、反權威、反秩序的無賴姿勢，開展文壇新風氣。作品反映戰後社會狀況，現實生活中也不斷受到公眾關注，例如與國稅局的鬥爭。一九五五年，因腦溢血突然發作死亡。帶著爭議走入歷史。時年四十八歲，另有小說代表作《盛開的櫻花林下》、《不連續殺人》。

譯者｜高彩雯｜臺灣大學中文系、中文所畢業，東京大學亞洲文化專攻博士課程修畢。現為中日文譯者，譯有《臺灣日式建築紀行》、《臺南日式建築紀行》、《一人創業思考法：東京未來食堂店主不藏私的成功經營法》、《平家物語 犬王之卷》、《skmt 坂本龍一是誰》、《大叔之牆》等，共著《現代日本的形成：空間與時間穿越的旅程》、《水水蘭陽，百年電火》等書。譯稿賜教及工作聯繫：looky.kao@gmail.com

目次

魔の退屈

肝臓
大夫

01 惡魔的無聊　魔の退屈

戰爭期間，應該少有如我一般散漫邋遢的男人。雖然我心中早有覺悟——下次就要來了吧，下次，紅紙徵兵令就要來了吧……但終究沒有來，徵用令和叫我去報到的命令是來了沒錯，但只被問了兩三次，跟其他人比起來，爽快得驚人，還加上「真是辛苦你」的慰問，仔細又有禮地送走我，事情就結束了。

我在戰爭時期，凡事委諸天命，打著萬事隨意、我不在意的主意，所以當收到徵用報到命令的時候，也是抱著隨隨便便的心態，什麼都好，照著前面人的話做的乾脆態度。當被命令「身體不好的人到這邊」的時候，連看起來身強體壯的人都有一半往那邊走了過去，我卻是不慌不忙。不過，要說是輕視我的無能，不如說他們似乎認為我之於其他徵用工是有害人物，小說家這種角色，是早上睡覺晚上不睡覺的懶惰蟲、無法服從規則的無賴漢，因為有這種定論，所以對方大概很怕吧。天命下來的話，不管是哪間工廠我都去，不過是不是會聽話工作，就不知道了。我抱著聽天由命的主義，一點都不慌張，他們似乎覺得我讓人有點不舒服。

就因為那樣，正當全日本人都在忙碌工作的時候，只有我什麼都沒做，不過，我決定了，就做好了三分之一左右的，決死的覺悟。

雖說如此，我是一個叫日本映畫社的ㄨㄟˇ ㄊㄨㄛ職員，我忘掉ㄨㄟˇ ㄊㄨㄛ的漢字怎麼寫的，不過你知道ㄨㄟˇ ㄊㄨㄛ吧。一個禮拜露一次臉，公司讓我看看當週的新聞電影和其他有點意思的東西，接著和專務見面，談個十五分鐘就行了。很快的專務也煩了，表現出不見面也行的態度，我也覺得正好，一個月去一次，只為了拿薪水。不過，我寫了三個劇本。都沒拍成電影。第三個《黃河》，簡直亂七八糟。我被拜託寫這劇本，是昭和十九年年底，事情已經很清楚，日本會戰敗，明明都澈底理解不可能拿著攝影機，悠哉地走在中國的黃河附近了，但還是叫我寫劇本。想來，專務是體貼我的立場吧。他察覺到什麼都不做，也不進公司，拿這種月薪大概很痛苦，一定是這樣，所以委託我寫了大劇本，小劇本的話馬上能寫好，一一討論很麻煩，所以必定有種種的顧慮。專務和我多少有私人上的關係，在此略過不表。

有稱能平定黃河者，就能平定中國，黃河治水，是中國至今數千年未能解決的大問題。中日戰爭初期，日本的戰略是將流入黃海的河口決堤，讓黃河流入揚子江。這是日本軍發起的大工程，是電影的主題，這方面和我完全沒關係。我做的是前篇，描寫黃河是一條擁有怪物性格的獨特大河，一種歷史地理式的文化電影劇本。

託劇本的福，我頗認真地學習了黃河的相關知識。書也大概都讀了。立教大學學區裡有個機構叫「亞細亞研究所」，裡面有詩人，也身兼中國學學者的，這位我又忘了他的名字，在三好達治那邊碰過一次，聽說他是可以信任的中國學者，這位詩人在亞細亞研究所工作，所以我曾經去向他請益。其他也有幾位中國學者，不湊巧，沒有專門研究過黃河的專家，但總之在此得到了懇切的指導，接著去內山跟山本——也是他告訴我的兩間中國書專門書店，買了他建議的書，開始閱讀。

而會津八一老師，我想他大概是從創元社的伊澤君聽來的，聽說我在研究黃河，叫我去早稻田的甘泉園，那裡有老師的中國古美術搜集品，不過他指點我的是跟黃河有關的支那文獻，都是中國的書，我並沒有能閱讀那些書的學養，只能聽聽書名敬而遠之。

沒有實現的可能性的工作，換句話說，就是要人去做完全無意義的事，也是做不到。我深切理解了這點。如果是小說，敗戰十年二十年以後，也許還有出版的可能性，或許死了以後還有機會，可是中國的電影之類，根本毫無意義，一戰敗，便將永遠付諸流水，僅僅消逝如泡影。要我去創作泡影，也是不可能的。即使如此，閱讀黃河的書很有趣。我幾乎每天繞著神田、本鄉、早稻田、還有其他信步能至的舊書店找書，關於黃河以外的中國，為了寫作，可以說是讀太多般地讀了下去，可是完全沒有寫劇本的心情。琉黃島[2]玉碎，沖繩陷落了，兩個月見專務一次，被他催促差不多該寫了吧，剛開始專務也只是在意公司的面子而已，他很清楚，電影不可能拍了。但是專務的關心完全在公司內部的形式，我對此更是痛苦，總之拿了薪水，不得不寫，可是就算基於那類義務，也不能做好純屬空虛的工作。一部分月薪都拿去買黃河的文獻了，所以饒了我吧，我的內心喃喃叨念，安慰著自己的怠慢。

我的住處很奇妙地在空襲爆炸後殘存下來。我本來不認為是劫後餘生的，因為住處在蒲田，附近有下丸子的大工廠區，這裡已經遭受了大空襲。雖然遭受爆擊，不過受災只限於一座大工廠和流彈殃及而已，其他的十幾座大工廠還倖存著。一座工廠是兩個小時的爆炸，所以隨便計算大概也是二十個小時嗎？我對將來的爆擊感到鬱悶，想著可能會掉一兩顆流彈到我家。

我一知道白天的編隊爆擊是這個工廠地區，就精心計算即使五百或一千公我也得能一溜煙遁逃，很早就為了不讓健腳衰頹，累積訓練，預計四公尺左右的水溝也要能一躍而過。

那麼怕死的我，卻冷淡拒絕了人們親切勸我疏散到鄉下的提議，滯留在東京，這矛盾是我一生的矛盾，我總是甘於承受這般命運。簡單說來，我的好奇心就是很蠢。我雖然是最怕死的膽小鬼，卻又不能拒絕與好奇心一同遊樂的巨大誘惑。大抵上我並未詛咒過戰爭。恐怕我是全日本中，最天真地和戰爭一起嬉遊的傻蛋了吧。

但是我對前途也沒有什麼盼望。我有幾個朋友在一個叫做麻生礦業的地方工作（這就是逃避徵用），我常去那裡，曾經和荒正人[3]打過招呼，這個男人懷抱著「一定會活下去」的確切信念，到了非常時期，為了活下去他會竭盡全力嘗試所有的努力。平野謙[4]沒有荒正人那麼聲嘶力竭，不過他也是那麼想，佐佐木基一[5]也一樣，他最早跟女人逃進了深山的溫泉。也就是「近代文學」的那夥人，從那時開始，擬定了生存計畫，思考今天怎麼做，光安排是相當了不起，但現實上生活力不足，不太能按照計畫做。就算一般不太會準備的人，對應現實的生活力這種東西和知識不同，何況我們文學家，臨到了萬一的時候，是很不靠譜的。

蒲田一舉強制疏散幾萬人的時候，有人用二十圓賣櫃子，荒正人從我這裡聽到這件事，一副想馬上衝到蒲田買櫃子的表情。也就是說，他在確定自己能活下來的信心上，鼻息像是山豬般急促。

我完全沒有這種積極的氣息。因為自己沒有先見之明，我很少為了前途預先打算，現實中只顧著玩，窮則通嘛，抱著這種散漫胡扯的信條活了下來。佐佐木君和荒君，在思想犯的罪名下只得被關到警察豬籠般的囚房，才剛出獄，所以要活下去，想創造自己的世界，這種希求的強烈，自然是理所當然，荒君不惜「咬緊石頭」，滿腔自信地大叫著，不管幹多卑劣多難堪的事，也要活下來。照荒君的性情，不管任何事，都只會聲嘶力竭地大喊，空襲那段時間開始，尤其用力，這也很有趣。像是朝著空襲吠叫的動物，可是似乎並非特別厲害的猛獸，鎮定觀賞著空襲的我自己，反而像是性格更惡劣的有毒動物。

平野謙被軍隊帶走也是那段時候，他說不管做什麼，也不玉碎犧牲，絕對要活著回來，我在東京車站前為他送行，跟他說「比起讀些無聊的小說，上戰場出乎意外有趣吧」，結果他戳了我的側腹，生氣地說「別當成別人的事！」他很得心應手地騙了軍醫，大概十天左右，就從軍營被放回來了。

總之，他們從那時候開始就老是說著，在敗戰後化為焦土的日本，要不擇手段、不管什麼奇策惡策都得活下來，站在有發言權的立場，好像總想著這些事。可是他們尤其刻意，光聊著那些事，不過就連在國民酒場排隊的流氓那類人，大家內心也確信只有自己能存活下去，看樣子都揣著各自的祕策。

對於活下來的好奇，我超越了他們。大概是有倖存的信心。而且我到最後都會待在東京，當東京被敵軍包圍，地軸咚咚旋轉，地獄騷動，最後舉起白旗時，我會像地鼠一樣突然露出臉吧。難得遇到戰爭，我不想離開戰爭的中心地點。這也是好奇心使然。各式各樣的好奇心互相擠壓，待在中心地點的好奇心和想要倖存的好奇心，這兩種是最激烈的。死了就到此為止了，我也做好了放棄的心理準備。

我把剛寫的小說全部燒掉了。所以後來非常困擾，可是，我茫然地相信，接下來至少十年，我應該會陷在不能寫小說的處境裡，燒掉稿子後續就清爽了，也可以身輕如燕地逃到任何地方。當時是盛夏，但我光用稿紙的廢紙，就燒了兩次洗澡的熱水。

在空襲正熾的時候，我頻繁地到神田等地購書。友人們都無語了，還說反正會被燒掉不是嗎，不過我是那種不浪費會死的男人，所以酒也不能喝了，女人也不能玩了，因為只能讀書了，所以只好讀書，不過我在逃空襲的時候，一次都沒把書帶出來過。沒帶過任何一本書。只拿了別人寄放的東西。

實際上還真讀了不少書。都是歷史書。可是，那些歷史，都極為接近現實。你看吧，第一，夜晚不是暗黑無光嗎？主要的交通方式是雙腳。但是，比起這些事，人類的生活，如同正從歷史深處生長出來般，回歸到樸素的原始形式。為了酒啦菸啦排隊。有人插隊。也有從隔壁組派出代表宣張權利的傢伙。權力或法律之類的，我想就是這樣漸漸被組織化的。從前有所謂「座」這種東西。類似職業工會，為了要保護利益，個人創建工會以主張權利的最樸素的原形，現在就出現在我們的四周。空襲下的日本，文明開化的紐帶早就斷成好幾截，呈現出幾乎與應仁之亂[6]的焦土無異的樣貌。「徵收」這種方法，和從前的莊園制也很相似，從當時開始，百姓一定是把米藏了起來。在原始的形式裡沒有任何體面好看的東西。只有自私自利的欲望而已，然後用公會或團體的力量，自然而然地保護那些私欲。

我痛切地感受到，歷史之流的時間很漫長，然而距離非常短。排隊啦、徵收的人心的樣貌，已存在於千年前的日本。短短幾年的時間，倒退到了千年以來文化中最最樸素的原形。但是，我又思考了，相反的，重組也很快。沒必要認真地思考千年以前的時間。十年或二十年就很足夠了。所以，我認為敗戰以後的日本，不如就墮落到混亂的極致，最大的混亂，最好是出現精神上最大的頹廢。半吊子的混亂只會生出半吊子的道德。大混亂是接近大秩序的道路，因為我相信從最大的混亂到建設，絕對不需要像過去歷史的無意志之流般空虛漫長的時間。

即使如此，這種對萬事萬物的自私自利的欲望，人們只考慮著自身的方便，但在這場真正的黑暗中竟然幾乎沒有小偷或強盜，為什麼呢？我最大的關注，不如說，我的詫異點就在這裡。不得不覺得，雖說是最低限度的生活，大家總之還活得下去，於是產生了這種平靜的秩序。而且，就算偷了錢，沒有娛樂，小偷也沒必要幹了。

有必要銘記於此，工作的人都能吃上飯，沒有貧窮，這種事就像這樣，就像是死一樣，就像蠢蛋白痴一樣平靜安穩。人類的幸福不在這種地方。人類真實的生活，是在即使偷盜或殺人，也存在著想要的東西的地方。

戰爭中的日本人最和平了，恐怕是日本兩千幾百多年歷史中最平穩的日本人了。一定有得吃，所有人的工作都可以換錢，而且連一個強盜都沒有。夜晚漆黑無光，幾乎沒有巡查警員，到處是燒毀的痕跡，逃掉也不怕被捉到，人們全都穿著一樣的衣服，沒有能記住的特徵，從深夜夜班回家，也不會被懷疑為何在奇怪的時間在外步行，即使有手電筒的光，也不擔心有人從後方追趕。雖然所有的小偷、殺人犯罪橫行的外部條件都具足了，但幾乎沒有半個小偷也沒有強盜也沒有殺人。所以人們幸福嗎？換句話說，我們只是徒然地吃飯生活的和平的傻蛋，並不是人類。

完全的秩序，光是對犯罪而言，可說是保全了近似完美的秩序。愛國熱情高漲，像是噴湧而出。多麼空虛的美啊。自己的家被燒掉了。幾萬幾十萬的人家被燒毀了，也不特別悲傷，挖著已燒毀的地方。旁邊死了人，也已經不轉頭看了，只能和面對鼠屍相同的心情了。就算在這種心靈麻痺到淪落如惡魔之流的時候來臨，還是能吃飯，而且沒有特別想要的東西，這種時候，人類不會下手偷竊也不會搶劫。想要的東西最多不過是襯衫或浴衣之類的，簡直像是穿上自己的東西一樣，稍微在澡堂掉換了以後走出來，這種程度的事倒是會做，不過真心是已經淪落到對犯罪完全麻痺，連偷竊、連搶奪都不會下手。單只是秩序道德的平靜的寒酸，空虛、無趣。人類的幸福不在彼處。人類的生活不在彼處。人類自身是不存在的。

我本來也完全是那種傻瓜的其中一人。是最空虛平靜的傻瓜。也會搭訕女人，也會說些像是情話的話。女人自己，想著反正戰爭把我們害得亂七八糟，比我還自暴自棄，靈魂墜落到最底的深淵，她卻對此毫無察覺。雖說在幽會的時候穿了好衣服的寬褲過來，可是她那靈魂的荒頹不適合好衣服。

我偶爾過去日映公司，專務的房間在四樓，因為電梯沒了，所以要走三尺左右的狹窄樓梯上去，邋遢地穿著藍色水手服咔掐咔掐趿著木屐的男性職員，和穿骯髒寬褲跟木屐的女職員勾肩搭背，懶散地擁抱著，在我面前上了樓。我在三尺以後走著，他們毫不在意。那也是頹廢的靈魂的真相，是虛無的和平的真相。大概是無緣盛裝的靈魂，而且，和所謂明日的希望，那種一絲微弱的光影的證據也毫不相涉。

詭異的是我日復一日充滿熱情地閱讀，就是那種「靈魂的閱讀」。在不存在盛裝的靈魂中，用我冷澈的鬼眼，我讀歷史，讀人間的真相走過的痕跡。和女人見面，相擁的時候，也只是用冷澈的鬼眼，貪圖她的肉體而已。鬼只是貪求而已。詭異地發散熱情。結果那麼一來，女人比我還更熱情，我冷淡了。是更為頹廢的鬼物。

我心裡尋思，這是怎麼一回事呢。不過，那種心情並不限於這個女人。在國民酒場，黑道占在前面，在紙菸的排隊行列裡，鄰組的大姐大們更陰狠地獨占當先的權利，當作理所當然，黑道的靈魂和良民的靈魂沒兩樣，得不到地利的人們只能在隊伍的後面碎念而已，不得地利只是跟不得天時不同，靈魂大抵在全日本都一樣，呈顯出黑道的形象。挖到底一看，所有人都是黑道。

在蒲田化為一片燒盡的原野為止，我每天都到下碁所，田町附近工廠的某職員，心中懷有強烈的反戰思想，澈底相信軍隊終將潰滅終將敗北，深愛著共產主義。他是純真的青年，在一己私欲之上，他擁有愛人類的靈魂。某次傾盆大雨之際，他硬是把外套讓給我穿，自己溼淋淋地回家。不懷疑他人，為了救度他人的苦難，犧牲自己也是當然，這位青年正直的靈魂，我到今日還無法忘懷。

蒲田化為燒盡的原野後，很偶然，我在車站遇見了他。青年似乎沒有足夠的食物，臉色非常蒼白，在燒毀的空地裡，只有一間破房子的隊伍，是壽司店的隊伍，一知道壽司店的事，他就向我道別，過去排隊了。青年的老家燒毀了，那一陣子我經常讓這位青年來家裡。我想跟他說房間有很多，也不用房租。青年有一個老母親，我也知道這件事。然而我沒能說出口。因為這位青年的靈魂太美麗，對此我過於相信，不忍毀棄那信念。

我自己是黑幫。我的靈魂荒蕪了。我的外表看似悠然地專注於閱讀，然而我的心棲居在惡魔的國度，我經常沉思，惡魔的讀書就像是聖人的讀書般冷澈吧。

所謂惡魔，就只是無聊。為什麼呢？惡魔既無希望，亦無目的。惡魔雖然愛女人，但在那時候，只是愛女人而已。如果要說有所謂類似「目的」的東西，就只是熱愛破壞。

我愛美麗的事物。有一回，在食堂前排隊時，從工廠回家的優雅的小姐問我，「這需要餐券嗎？」那是如果沒發生戰爭，絕對不可能嘗到艱苦滋味的女孩。我困惑了，把餐券交給女孩就跑掉了，我常常做這些冒冒失失的事。沒有任何同情的必要吧。對一個人類的同情，是不合理的情感，對一個人類的愛情，應該只是為了男人和女人兩人之間的生活而已。若非如此，我應該要發給所有的女人餐券。那個可愛的女孩也許死在空襲，也許成了妓女。那是那個女孩應該活下去自行裁量的自己的人生，只要我的生活和那人的生活沒有交集，她當然就是路人，我最好停止我做作的同情。令人難受的是，人類全部，在任何地方都不應有輕重之別。

不過，我這人真的不行，這是我的興趣。別人愛骨董或美術或風景，我因為個人興趣愛著美麗的人，對於人類以外的美，我不屑一顧。

愛著這種美的我，果然光只是惡魔式的，惡魔式的感傷罷了。我是之後會甩開一切的人。不過又如何，隨便了。我只是為了自己一瞬間的愉快，取悅你，嚇你，讓你開心而已。說是這樣說，有時候不是讓人開心，也許反而讓人覺得有點噁心，不過我不在意，我只是為了自己的滿足。

我毫無意義地請人吃飯，給人錢，送人東西。想那麼做的時候，只是滿足當下的心情，在深處，沒有那麼不顧一切給出去的感覺。全是惡魔的無聊，就像那位青年沒能得到住處一樣，我本來就強烈地不能忍受時間上略微永續的關係。

明明女人穿了盛裝的寬褲出門幽會，我的靈魂缺乏中心，無有希望。是除了一瞬間的快樂以外，什麼都不想的懶人。沒勁。有的只是在快樂之中往前崩壞的肉體。

女人總說，「你這個人太困難了，我不能跟你結婚。」

是吧，女人的心裡也沒勁，所以，大概有在想事情的男人的心，在她眼裡都困難，都熟悉不了吧。和女人分手分得很糟，送她到車站，不過電車來了，過去了好幾輛都不肯搭，卻只是笑笑的，用木屐踢著石頭，把包袱捲來捲去的，聊些沒什麼好聊的話。我一想「是這樣啊」，突然她說了一聲「再會」就上了電車。沒有任何目的。

這個女人只希望戰爭中最後大破壞的結果到來，一切翻新，破壞之大，就像是給無法預測的新世界的最大的味覺。

我不知道女人除了我，還有幾個情人。也許只有我一個。偶爾她像風一樣出現。我則不會去找她。

「徵兵的紅紙不會寄給你呢？」

「不會呢。」

「來的話怎麼辦？」

「沒辦法啊。」

「會死的。」

「誰知道？」

大概是愚蠢的、沒什麼重點的內容。第一，女人自身，像在說著什麼，又像在哼歌一樣，只是因為她不能不講話，所以嘴裡講著話而已。我也完全一樣。不如說，真不知道那語言不通的方式，是多麼爽快宜人。

女人的臉，總是笑著。我看著女人的笑臉，總是想著極為優雅又有氣質的臉，竟然心中那麼沒勁啊，女人又是馬耳東風的，只是笑著。

「《黃河》的劇本，寫了嗎？」

「我不寫喔。」

「為什麼？」

「因為不想寫啊。」

「是我的話，就想寫。」

「當然啊。你是只會做些無謂的事的女人嘛。」

女人馬耳東風。只是，臉上一樣只堆起微笑。別人說的話，她是沒在聽的，是什麼也沒在想的人。

但我卻覺得她的靈魂好可愛。凝視深淵的靈魂，可愛極了。當時的我無法思考別的事。

所以我常常看著女人的笑臉，不經意地想起荒正人和平野謙。我尤其忘不了平野謙說到「像是咬著石頭」般咬著牙一樣口角都是泡泡的表現，以及像是馬上要衝到蒲田去買二十日圓的抽屜般充滿精力的樣子，荒君真的相信那東西會對往後的生活有幫助。和這女人無起伏的微笑完全相反，對我來說，那完全是我不能想像的世界。

我當時這麼想。荒君和平野君，像是小說中的人物。大概是讀了太多小說的那類人。那種想法和說話的方式，比起現實中的人物，更像是小說式的，他們不是腳踏實地，而是腳踩著托爾斯泰或是杜思妥也夫斯基吧。他們到底和老婆說什麼話，我是能了解他們跟老婆講的話，但老婆會怎麼回應呢？

也不只是荒君和平野君而已。很多小說家、評論家、知識分子疏散到地方的鄉間，等待日本最後的命運，相信自己的生命。

不過在狹小的日本裡，不管逃到哪裡，首先我們就連敵人會從哪裡上來都不知道。對我來說，荒君的確信非常不可思議。那樣嘴角冒泡，帶著緊咬牙根的力氣，那樣「即使牙咬石頭」的確信的根據是難以相信的。換句話說，荒君看起來像是非常現實派的人，但在根柢上是夢想家，而平野君也是一樣的。只有我能挺過戰敗玉碎的時刻，投降得救再回來，那看來是非常現實派的確信，但我總覺得他們只是觀念式的語言，並未正確地消化戰爭的強烈巨大的現實性，戰爭的性質是全然盲目、偶然、臨機的破壞。是光憑我方的意志無能撼動的現實。

不只是戰爭的情況。荒君他們所想像的人類形象，在我看來大抵都過於天真。也就是說，和靈魂的頹廢無緣，雖然是在思考人類的事，但並未和自身的靈魂鬥爭。就算在思考未來的事，並未真正和現今的現實鬥爭，換句話說，現實和靈魂並未真實連結。

我從女人毫無起伏的微笑之中，總是想起荒君的咬牙切齒，敵人登陸戰爭開始後，荒君會怎麼做呢，邊想就覺得可笑極了。幸運的是敵人未曾登陸，迎來了未曾想過的結局，荒君照著預定計畫地往下走，不過這個結果純屬偶然，真正的現實，是不是「即使咬牙切齒」也能活下去的性質呢，這就有疑問了。接著以其夢想眺望現實，不論使出什麼卑劣手段都要活下去，喜愛如惡魔般狂吠的荒君，比起我眼前無起伏的女人的笑臉，更感覺不到現實的可怖和嚴峻。我感覺在女人無起伏的笑臉中，潛藏了惡魔的樂天性和無聊。

在六月中左右吧，東京已化為焦土之後，我鼓起勇氣，寫了《黃河》的劇本。

說是劇本，其實只是徒有其名的大綱類的東西，在讀了半年以上幾十本書以後，快速寫了二十張稿紙。當然是一晚撇完的。僅僅想逃避災厄而已，但是，為了避這個災厄，那半年我是過得多辛苦呢，我光在報紙上看到日映的廣告商標都悚然心驚。

無目標的工作，成果終將不見天日，在澈底了解以後，還要人類去做那種工作是多麼不可能，這事我是狠狠明白了。

完全不可能。我最後是寫了劇本，但因為這不是正當的工作，只是我為了逃避沉重的災厄才寫的，是完全沒放良心的工作。以那場戰事下的荒廢的靈魂，我不可能做好工作。燒掉剛開始寫的稿子的我，表現了自身理所當然的樣子。我只是無聊到死的惡魔的靈魂，耽溺下棋，沉迷讀書，經常眺望一個女人無起伏的微笑，僅僅是快樂玩弄著散漫而崩塌的肉體而已。

編按1——三好達治（西元一九〇〇至一九六四年），日本知名詩人。

編按2——琉黃島，又名硫磺島。琉黃島戰役（西元一九四五年二月十九日至三月二十六日）是第二次世界大戰太平洋戰爭中，美國與日本之間的戰役。

編按3——荒正人（西元一九一三至一九七九年），日本文藝評論家。

編按4——平野謙（西元一九〇七至一九七八年），日本文藝評論家。

編按5——佐佐木基一（西元一九一四至一九九三年），日本文藝評論家。

編按6——應仁之亂（西元一四六七至一四七七年），發生於室町幕府第八代將軍足利義政在任時的內亂，戰火遍及九州等部分地方以外的國土，使日本進入近一世紀的戰國時代。

私は海をだきしめてゐたい

我想
擁抱大海

02 我想擁抱大海 私は海をだきしめてゐたい

我這人是總想前往神國卻潛進了地獄之門的人。是就算出發時朝向地獄之門，也未嘗忘懷要去神國的天真的人類。結果我在地獄中並未戰慄，明明像傻子般沒勁地待了下來，卻又忘不了神國。我想我一定很快會遭受可怕的對待，被痛扁一頓，打到連甜美的自戀唉聲都發不出來為止，然後真的腳滑墜落到倒頭栽的時刻，必定會來臨。

我很狡猾。因為我在惡魔的身後忘不了神明，在神明的陰影下與惡魔同居。我相信很快就會被報復，不論是被惡魔或神明。然而，我這人，蠢歸蠢，至今為止已經活了幾十年，也不會白白認輸。到那時候，直到刀子折斷箭矢用盡，我也會跟惡魔和神明捉對廝殺，踹也會踹，也做好了胡亂戰鬥的悲愴覺悟活下來。雖然很天真，但總之，我從未忘懷，總有一天，假面具會被撕下來、赤身裸體、毛皮被剝掉、被拋下的時刻。

聽明人大概會這麼說吧，那也是因為你的狡猾。說著我是壞人，比說著我是好人還更狡猾。我也這麼想。可是，要怎麼說才好呢。因為我向來不相信自己的思考。

××××××

然而我，近來奇妙地安心了。一不小心，我可能不會被惡魔也不會被神明踹飛、不會被迫赤身裸體、毛皮不會被剝掉、能平安無事地度過吧，我竟然很神奇地這樣想。

給我這種的安全感的，是一個女人。這個女人是自戀的女人，頭腦很差，沒有貞操觀念。我完全不喜歡這女人的其他地方。只是愛她的肉體。

完全缺乏貞操觀念。曾經有過煩躁就騎腳踏車跳下來，回來的時候膝蓋和手腕都流著血。是粗魯又慌忙的人，所以也會亂衝撞和跌倒。那類事，一般看到血就明白，可是，跟誰在哪裡，做些不會流血的惡作劇，那我可就不知道了。雖然不知道，但是可以想像，而且也是事實。

這女人以前是妓女。接著當了酒店的媽媽桑，不久後開始跟我一起生活，我自己的貞操概念也很稀薄，所以一開始，打算玩一段時間而已。這女人因為娼婦的生活，造成了性冷感。肉體的快感，她是沒有的。

不明白肉體的快感的女人，卻不得不在肉體上玩樂，對這事，我很不明白。如果是精神上不得不享樂，事情就完全不一樣了。不過，這個女人，一點都沒想過精神上的戀愛，這個女人的外遇，只是把性冷感的肉體拿來當成玩具而已。

「為什麼你要把身體當作玩具呢？」

「因為當過妓女。」

女人果然黯然地這麼說。過了一陣子，她來尋求我雙唇的慰藉，我一碰到她的臉頰，她哭了。因為我向來只覺得女人的淚水讓人心煩，是根本不會因此感動的性格，對他說「因為妳很奇怪啊，明明是性冷感……」

才說到一半，女人像是不讓我講下去，激烈地咬了我，「不要虐待我了吧。喂，原諒我好嗎？是我的過去不好。」

女人瘋狂向我索吻，要我愛撫她。女人嗚咽著，靠了過來，身體也顫抖著，然而那只是激情的亢奮，即使在那時，也沒有肉體的真實喜悅。

我冷澈的內心，看透了女人虛矯的激情和冷漠。那時女人突然張開了眼睛。雙眼中滿是憎恨。如火一般的憎恨。

××××××

然而我很古怪地愛著這個女人缺殘的肉體。

被真實所捨棄的肉體，比起無可無不可的真實，像是能反映出冰冷的愛情一樣，帶出幻想式的執著。我擁抱女人的肉體，心情像是擁抱著擁有女性肉體形狀的水。

「像我這種的，反正就是古怪的瑕疵品啦。我這一輩子呢，就隨便就好了。」

女人在玩樂以後，特別經常自嘲。

女人的身體很美。手腕和腳都美，胸部和腰都美，看起來很瘦而有肉體的豐滿，而且是肉體的豐潤柔軟，蘊含了怎麼看都不會膩的美感。我愛的，就僅僅是那肉體，女人也知道。

女人有時候對我的愛撫很囉嗦，我則不顧忌那點。我常把女人的手腕和腳當作玩物，放空地閒眺著那美麗的身體。女人也有時放空，有時笑著、發怒、或是嫌惡。

「可不可以不要發火或是表現出厭惡啊。不能就放空嗎？」

「因為你很煩啊。」

「是嗎。妳果然是人啊？」

「不然是什麼啦？」

我知道只要捧女人，她就會囂張起來，所以沉默了。像是被深山的森林環繞的寂靜池沼一般，我感覺到那種懷念的情緒。像是抱著僅僅寒冷、美麗而空虛的事物，和肉欲的不滿足不同，有股悲涼的哀傷。

女人空虛的肉體，就算有不滿足，不可思議的，不如說我感覺到潔淨。我淫猥的靈魂像是因為她的肉體而被安靜地原諒了，感到了幼小的懷念。

但是，這樣空虛而清潔的肉體，為何總是像被野獸附身般不得不外遇吶，我的痛苦就光是在這一點。我怨恨女人淫蕩的血液，可是就連那樣的血，偶爾也有讓我感覺潔淨的時候。

××××××

我自己並非能滿足於一個女子的人。不如說，我這個人，是不論是什麼樣的東西都無法讓我滿足的人。我是經常有所憧憬的那類人。

我不是戀愛的人類。我已經不能戀愛了。為什麼呢？因為我知道了，所有的事物都「有限」。

可是我有的是善變的心，不得不跟有限的什麼一起玩樂。那種玩樂，對我來說，經常是陳腐而無趣的。沒有滿足，也沒有後悔。

女人大概跟我一樣吧，我經常這麼想。我自己淫蕩的血液和這女人淫蕩的血液，是一樣的吧。我因為這樣，經常詛咒女人淫蕩的血液。

女人淫蕩的血液和我的血液相異之處在於，女人雖然也有自己主動出擊的時候，被動的時候更多。受到他人親切的對待，人家給了她東西，作為回禮，不得不給出身體的心情。我對她的那種輕浮感到不愉快。但是我也不得不懷疑自己那種想法，我是詛咒女人的不貞嗎，還是詛咒不貞的根基的輕浮呢。如果女人停止那種不可靠的外遇方式，我就能不詛咒她的不貞了嗎？但是對於女人外遇根柢的輕浮，除了生氣我也沒別的方法。為什麼呢？因為我自己也一樣，是被外遇蟲附身的男人。

「跟我一起去死吧。」

我一生氣，女人經常這麼說。是對自己的外遇，除了一死別無他法的那種本能的喊叫聲。女人並不想死的。可是，除了一死，對自己的外遇，她也沒別的辦法了，那樣的喊叫中，有確切的真實。這女人的身體是謊言的身體，就像空虛徒勞一般，這個女人的喊叫就算是謊言，謊言本身也比真實更加真實，我開始這麼玄妙的想法。

「因為你不是騙子，所以不行喔。」

「不，我是騙子喔。只是，真實和謊言是不一樣的，所以不行啊。」

「你要變得更狡猾啊。」

女人懷著憎惡盯著我。但是，低下了頭。接著，又抬起頭，像緊咬住什麼般的，僵硬的表情。

「如果你不提升我的靈魂，誰來提升呢？」

「任性的話就別說了。」

「任性的話，是什麼啦？」

「自己的事，除了自己以外沒人能幫得了妳吧。我光是自己的事就精疲力竭。妳光做妳自己的事，不也是受夠了嗎。」

「那，對你來說我是路人嗎？」

「誰都是嘛。所有人的靈魂都是路人的靈魂啊。說什麼夫婦一心同體之類的話，別再講傻話了啦。」

「什麼嘛。那為什麼要碰我的身體。你去那邊。」

「不要啦。夫婦就是這回事嘛。靈魂是個自獨立的，夫婦間光只有肉體的享樂。」

「討厭。你要幹麼啦。受不了了，我不要。絕對，不要。」

「不准你那樣說。」

「我就說不要了。」

女人憤怒地從我的手腕中脫身。褪去衣服，散漫的，露出了肩膀。女人的表情在怒火之下，太陽穴的地方，青筋突突地跳著。

「你是用錢買了我的身體呢。用一點點微薄的金錢，用買春的十分之一不到的金錢。」

「就是那樣。妳只是知道這件事了而已，還算是好的。」

××××××

我越肉欲，就感覺女人的身體變得更透明了。那是因為女人不明白肉體的喜悅。我因為肉欲而亢奮，有時狂亂、有時憎恨女人、有時愛惜得不得了。然而，發狂的只有我一人，沒有回應，不如說我只是愛著擁抱虛惘影子的那分孤獨。

我想著女人如果是不會說話的人偶就好了。眼睛看不到、也聽不到聲音，我希求著能回應我孤獨肉欲的無限的剪影。

而我也突然開始想著，關於我自己真正的喜悅，到底是什麼呢？我真正的喜悅，有時是化為鳥兒飛在空中，有時是化為魚類潛行沼底，有時是化為獸類跑在山野之中吧。

我真正的喜悅不在戀愛。不是耽溺於肉欲。只是，對我來說，疲乏於戀愛、困憊於戀愛、倦於肉欲是經常必要的而已。

對發現了肉欲並非我的喜悅一事，我迷惘了，我應該開心嗎？應該悲傷嗎？應該相信嗎？應該懷疑嗎？

想化為飛鳥翱翔太空、化為魚類潛身水中、化為野獸縱行山中，是什麼意思呢？我像是又撒了太過拙劣的謊言，但是我想我大概是凝視著孤獨、以孤獨為目標的吧。

女人的肉體透明了，我漸漸地相信了，我大概能在孤獨的肉欲中被滿足，那很自然。

××××××

女人喜歡做菜。是因為自己喜歡吃美食。又喜歡身邊的潔淨。夏天一到，會在臉盆裡裝了水泡腳，背靠著牆。晚上我要睡的時候，她會在我的額頭上放冷毛巾。是任性隨意的人，所以並不是每天的習慣，但我更喜歡那樣的任性隨意。

我總是對第一次感受到的這個女人的姿態之美目眩神迷。譬如邊托腮邊擦拭矮桌的姿態啦、把腳插進洗臉盆背靠牆的姿態，還有，有時在什麼也看不到的黑暗之中，突然為我在額頭放上冷毛巾的那靈魂的奇妙姿態等等。

我對我的女人的愛意，限定於這些事，對此，我有時可以滿足，有時則覺得悲傷。被滿足的心，總是小小的。小而悲傷。

女人喜歡水果。每個季節的水果，盛裝在盤子裡，簡直像是總在吃著水果一樣。那是會激發食欲的模樣，可是很奇妙不會讓人感覺貪吃的爽快的吃法，讓人很能感受到這個女人淫蕩的模樣。對我來說那也很美。

我漸漸明白，如果去掉了淫蕩，這個女人對我來說，就什麼都不是了。這個女人的美，是因為淫蕩。全都是任性的美。

然而，女人也害怕自己的淫蕩。相比之下，我不害怕自己的淫蕩。只是，我沒有女人那麼沉溺於實際的淫蕩而已。

「我是壞女人呢。」

「妳那麼想嗎？」

「我想當好女人喔。」

「所謂好女人，是什麼樣的女人啊？」

女人的臉上出現了怒氣。接著，像是要哭出來。

「你是怎麼想的啊？你討厭我嗎？是想跟我分手？然後想要娶一個像樣的太太吧？」

「妳自己又是怎樣？」

「你說自己的事啊。」

「我，沒想要娶一個像樣的太太。就只是這樣。」

「你這個騙子。」

樣。

對我來說，問題在別的地方。我只是，對這個女人的肉體餘情未了。就是那

×××××

我知道為什麼女人不離開我。因為別的男人不像我一樣若無其事地原諒女人的變心。而且，也沒有像我一樣深刻地愛著女人肉體的男人。

我不得不懷疑，從那不知曉肉體快感的女人的肉體中，體會著秘密喜悅的我的靈魂，是否也是某種殘疾？和女人的肉體相應，我自己的精神，也是殘障的，畸形的，是不是一種病呢。

然而我並未擁有將自己的生命僅僅依托於如歡喜佛般的肉欲之肉欲式滿足的姿態之中。我不能相信物體即是物體般的動物性的真實世界。肉欲之上，如果沒有與精神交錯的虛妄之影的色彩，我就不得不憎惡之。因為我是最好色的，所

以不能只滿足於單純的肉欲。

在女人不知道肉體的滿足一事之中，我發現了自身的故鄉。從一絲滿足的影子都蕩然無有的空虛中，我的心總是被洗滌。我安於在自身的淫欲中顛狂。因為沒有任何事物會回應我的淫欲。那樣的潔淨和孤獨，讓女人的腳和手腕和腰看起來更加美麗。

從肉欲中都能看出孤獨的我，從今以後，已經沒有尋找幸福的必要了。我甘於尋求不幸。

從以前開始，我總懷疑幸福，悲切於幸福的微小，無法安放憧憬的心。而我發覺總算能和幸福訣別了。

我從一開始就在尋找不幸和痛苦。已經不希冀什麼幸福了。因為幸福之類的東西，並不能真實撫慰人心。不能想要什麼苟且的幸福，人類的靈魂永遠是孤獨的。而我極為起勁地思考起這種像念佛一樣的想法。

不過，不幸啦痛苦之類的是什麼樣的東西，我是不知道的。況且，我也不知道幸福是什麼樣的東西。怎樣都好。我只是，確實相信我的靈魂不能被任何東西滿足。換句話說，那些是我的靈魂不願被滿足的表面話而已。

一邊思考著那些事，我還是像狗一樣渴慕著女人的肉體。我的心就是貪欲之鬼。總是只喃喃說著，「為什麼？全都這麼無聊啊。為何啊，無法排遣的空虛吶。」

有一次我和女人去了溫泉。

一走到海岸散步，結果那天的大海非常狂亂。女人光著腳，穿梭在潮浪退縮之際，撿拾貝殼。女人大膽而敏捷。像是要吞吐波浪的呼吸，征服大海般的奔放動作。我因那新鮮而目眩神迷，如同在何處偶然看到無預期現身的未知姿態的炫彩般貪看著，突然，我看到了，打起了比身體還高上數倍的大浪，一瞬間女人的身影被吞沒，消失無蹤。那瞬間，我看到了，一轉眼成形的浪潮藏起了大海，藏起了半個天空，那是暗沉的，巨大的浪。我不禁在心中大叫。

那是我一瞬間的幻覺。天空已放晴。女人還穿梭在潮浪的退縮之際，奔跑著。然而那一轉瞬的幻覺過度美好，餘韻猶存。我並不希望女人消失。我陷溺於我的肉欲中，愛著女人的肉體，從未希冀過女人的消失。

挖深了宛如在谷底的巨大暗綠色窪槽，潮流湧動，我被一瞬間水沫深處中藏匿了女人的水的嬉遊的盛大所迷惑。比起女人無感的，光只是柔軟的肉體，我看到了更不慈悲的、更無感的、更柔軟的肉體。是海洋這個肉體。我心想，這是多麼廣大的，壯闊的嬉戲啊。

我的肉欲也願意散在海洋的黑暗波浪之上。受波浪翻打，潛行於波濤中。我想如果能擁抱海洋以滿足我的肉欲就好了。我對肉欲的渺小感到悲哀。

ジロリの女

鞏蹙麗人

03 顰蹙麗人　ジロリの女

——五郎三船與其真心的手記

聽說我有緊瞪著別人的臉看的壞習慣。一直到過了三十三歲，被女人指出這點之前，我都沒發現，被說是像一下子看透般讓人不快，感覺很下流。那之後，我反而過度在意這一點，會想著啊我又來了嗎。原來如此，雖然是自己的事，還是有粗鄙的感覺。像是靈魂的貧困那樣。我很少對男人那樣。好像是自己在想討好的心情時，反而奇妙地表現出厚臉皮的態度。但是，我在什麼時候會緊瞪著別人看，自己也沒辦法明確知道，在快直瞪著別人之前，啊，就是現在，我又來了，我一意識到自己又要直瞪著別人了，就感覺很不舒服。

不過，一直到三十三歲那年，我都沒發覺到自己這一點，女人對我，也會那樣，可是我會極悲傷而痛苦不已。並非所有女人都會對我那樣。只有某些固定類型的女人，像是幹練固執的能幹大姐型藝妓或是女老闆等。

那類型的女人，和我在性格上相反，才看一眼就會產生敵意，或是會築起難以親近的高牆，無論如何都是平行線，不可能發生戀情，終歸是陌生他人的宿命。

所以我會勾引交往的女人，是更黏的、傷感的純情派或是肉感的粗魯的男人婆或是平凡的賢妻良母型等一般類型，知性又自性的或是骨感的女性，就像剛說的直瞪型的女人，和我是沒有交會的平行線。不過，直瞪型的婦人就是美女很多。

可是，說是沒有交集，應該是因為自己會控制戀愛的情愫，先限制住自己，就算覺得這位真是美女，也不會迷上對方。換句話說，戀愛這種東西，或者說戀愛的情感，不是無軌道的自然奔放的情緒，是可以自行限制的，像是外國的電影女星，再怎麼沉迷，也不可能萌生愛意，沒有晚上輾轉反側睡不著的鬱悶的情感。

所以從年輕的時候開始，我經常會苦戀女人，很沒用的只是悶悶不樂，想東想西，陷入夢境中的歡快，又在過度的歡快下陷入苦悶、痛苦、無眠、心亂如麻的狀態，但那些都是容易下手的女人，裡面也有萬人公認的美女，不過僅限於氣質相近的人，成功率高的類型。直瞪人的顰蹙麗人，我從開始就會放在不相干的人的類型，可以自然地對待。

不過，顰蹙麗人，只要用盡方式追求，也能成功，我是在大學畢業二十四歲的時候知道的，從那時開始，我的人生改變了。

那時的東京，漫才這種表演活動還不是很普通，會去劇場的人也很少。那是在淺草的某個角落，以少數的老客人為對象，細水長流式的表演而已。我是那邊的常客，最後還會去休息室玩，跟漫才師熟了起來，學生時代在那裡白費了許多光陰，有陣子漫才師常沒出現，舞台也快不保，在那陣騷亂中，那時候有一個女漫才小姐來休息室玩。她和演漫才的老公吵架分手了，當時沒有搭檔，所以到休息室偷懶聊天。那時我問她——

「小彩，怎麼樣，用你和我的即興組合來幫忙好吧？」

「你？行嗎？」

「不試試看怎麼知道吶。不過，應該還像個樣吧。總比客人一直瞪著舞台布幕還好吧？難不成他們不會跳上舞台搧耳光嗎。」

所以，我就借了衣物，上了高座。調勻了呼吸，我念念浪花節小調，被搧耳光發揮得很好，大玩了一場，然後演了十天左右。想來第一次是演得最好的，因為這時的心情最緊張，反而很順暢，呼吸也很合，噴湧出很特別的表演，演藝表演這種東西，認真起來反而就不行了，到了第三還是第四天，連我自己都漸漸看出自己的拙劣有多顯目了，真是自作自受。

不過是在第幾天呢？我在大學的三年期間，邊啃著自己爸媽的錢，住在讓我可以便宜遊樂的某地，我有個相熟的妓女，是當地知名的大姐，叫做金龍姐那裡的妓女，金龍姐也是直瞪著人的女人。

我相熟的妓女叫照葉，很平凡，老是被金龍姐叱責，我對金龍姐直瞪的態度很反抗，我們倆一向互不理睬，不把對方當回事。我聽了很多內幕，說金龍姐是自私自利手腕高明冷澈的薄情者玩弄男人的天才等等。那些當然反而為她的惡女風采添了魅力，不過那時對我來說她完全是陌生人，我對她的態度是早決定了，惹不起我多餘的情欲。

我在幫忙漫才的時候，有次，因為覺得有必要在熟悉的女人那邊表演一下，所以發了招待信。不知道是吹什麼風，金龍姐和年輕的妓女們一起現身了。

那時候我在自己出演的紙條上揮毫寫下的即席藝名是「漫才、五郎三船」，也就是，那不過是把我的本名切成兩半而已。

「你這個人是會把本名切兩段的人呢。」

金龍姐照例是睥睨了一眼，丟下這句話就別過臉了。我不知道她是什麼意思，可能是想講什麼風趣的話來嘲弄我吧。有那個意思但是語言不夠，姐是有點那樣的人。

接下來的那晚，我叫了照葉，在同一個旅館，在別的宴席工作的照葉過來了以後，說「五郎師父要登上宴席喔」。

金龍小姐跟客人說，這次這附近有一個叫五郎三船的大學生幫閒[1]會來喔，是很奇怪的傻瓜，可以叫上他喔。

我很不高興，好，這樣的話，那我讓你看看我的厲害，我就在席間完美地做好幫閒的工作。

結果很意外的，金龍小姐在宴會結束時，告訴大家這人可不是真正的幫閒，他是大學生，快要畢業了，你們就雇用他幫忙提公事包吧。你們這群人也是玩樂跟正職一樣的人們，有這種人提包包也很有趣吧，當場就決定工作了。我被雇用為門羅公司社長的祕書。可以用官費玩樂，可是照葉被社長的壞朋友們搶走了，給了我一個很貧窮的賣春藝妓充數。

門羅公司倒閉後，社長不見蹤影，壞朋友們也四散，不再出現在這塊土地上，只有我是從大學時代就在這裡工作的。所以很自然地變成金龍小姐的幕僚。我跑來跑去，為那些被金龍姐當牛馬使喚、被騙、被詐、被虐待、然後被分手的情夫們擦屁股。

我還是若無其事，不會生氣，說說場面話，雖然很迷，但是表現出我的心意不可能成就的傷感樣。這麼一來，也自然就明白姐喜歡的地方。

那也是我的本意。金龍姐的手腕和薄情，連我都敬佩。男人連屁都不是。騙男人很好玩。是怎樣呢，我是不知道啦，她與生俱來的天性，一般藝妓風迷的什麼第六代或是播磨屋之類的演藝人員，她完全沒興趣。最厲害的是，她什麼都知道，都看著。那也是騙男人的技術之一，三味線和小曲也很在行，不過如果不是騙術上需要的時候她就不用。做什麼都是這種調調，是那意義上的專門技師。

在酒席之間，我有一個懸想很久的人，常常想著就一晚溫存就好，能不能成事呢，也會在三天裡有一天特別大聲地說話。

又，金龍在密會等待之類的地方，進澡堂時，我說至少讓我當擦背男也好，我口裡說著想碰碰她的冰肌玉骨，實際上我打開了澡堂的小門，問了她讓我來擦背如何。結果照例是一瞪和一瞥，但我毫不在意，繞到後面為她擦背。盡可能仔細地、做小伏低、盡心盡力地為她洗浴。這就是尊敬。沒有比尊敬的真心更能抵達女人的心中。

很快地，在下午靠著小矮桌讀雜誌還是什麼的時候，她突然把白白的雙腳湊到我眼前。

「用蒸過的毛巾幫我擦腳。」

我用上真心，每個毛孔都不隨便、平滑、柔軟、剛剛好地擦拭，再重新蒸過，奉獻我的心意。真的是精魂盡出了。

夏天用冰毛巾，擦到膝蓋附近。然而我泯除私情，這種時候，絕對不輕狎，只表現出忠僕的誠意。

但我不是從戀愛的技法上體會那一切，而是在處世學上，自己編織出來的，為什麼呢，因為我透過金龍姐，蒙受了金錢上的恩惠，攀上有錢客人，然後從那邊賺了錢。所以身為金錢的奴隸，在侍奉女王的時候，自行發現了戀愛的技巧。

有一晚，我得以領受甩了客人、氣衝衝的金龍的恩情，體驗到如夢的一夜。那是服侍金龍的第四年，我二十八，金龍二十七。

於是，奴隸、情夫的關係，持續到我三十七歲那年，金龍和老公在戰爭時一起疏散，接著兩人結婚到鄉下落地生根，當然，跟我的事，她早就忘了。

××××××

我會寫這篇手記，並非為了保存跟金龍的回憶。我已經過四十了，我一生的宿命，彷彿因為金龍而被改變了。

我在二十六歲時普普通通地結婚了，現在有三個孩子。但我不戀愛就活不下去。可是，對我來說，輕輕鬆鬆地追求氣質相近的女人上床，那不是戀愛，我的熱情，已經不能滿足於那種能簡單到手的肉體了。我現在只能把熱情託付給那種緊瞪型、充滿敵意的女人，我得纏住不放苦苦追求直到把她變成我的女人。那是金龍留給我這一生的禮物。

金龍和我的十年歲月，多災多難，像夢一般，已經過去了。我是個多情多恨的人，心思曲折、煩亂至極，雖然過了十年，好像不覺得有什麼切實的東西。

說是四十而不惑，我不知道孔子是用什麼意義說不惑，對我來說，四十正是不惑，我被不惑的幽靈所擾亂苦惱著。

我的不惑，無法用像是「人生的物質性的發現」之類的巧妙說法來表現，不過是失落了感傷或甜美那種東西後出現的，某種現實的重量感的負擔。

我自己從以前開始就有緊瞪著他人的癖好，那種緊瞪的自覺的痛苦，也就是說現在我的連綿不絕的時間般，現實僅只是即物式的痛苦寒涼，心這種東西，也只是物體般，如同手感般的自覺的悲切。

那正是不惑。不應疑惑的切實的現實感覺。

我連對自己的孩子都還是緊緊瞪著看。而我清楚理解了，那，就是我心靈的全部。當然我對老婆也是瞪著看，對金龍，從以前到現在始終是緊瞪對緊瞪的關係。全都是緊緊瞪著看。其他什麼都沒有。那些事情越來越清晰了。這個發現，是很難受的發現。不是什麼發現，而是那就是全部的現實，是那樣切實的知覺。

日本輸了。慘澹無比的戰敗風景，但我心不在此。是更慘的，就不必說一床被了，連草蓆都沒有，我的心頭只是風吹日晒。

我是做黑的報社社長。說「黑的」，但不是恐嚇那種事。那方面我們是非常和平主義的，只是把配給的紙張的一半以上流用到黑市。同時我也做假的雜誌。這雜誌是色情那類的，雜誌的五分之四我一個人用很多名字拚命寫文章。

我需要遊樂的資金。所以有必要拚死賺錢。簡單說，就是那樣而已。

我追著三個女人。都是緊瞪的女人。

一個是四十一歲的未亡人，在丈夫去世後繼續經營已逝丈夫的醫院。她死去的丈夫是我的堂哥，因為這層關係，我生病時都到這間醫院，家人也是，金龍也曾經住院過。最後和院長好上了，那時候很痛苦。只有在那時候，我因為嫉妒而痛苦不已。不只是生病的時候受到照顧而已，金錢上也帶給人家麻煩，那種自卑感讓我抬不起頭的時候，尤其不甘心。說是嫉妒，我的立場充其量是奴隸，只能無力地咬牙切齒。

我的鬱悶無法向金龍發洩，所以那時犯了大錯。我去了院長那邊，有意無意散發出金龍是我的人的訊息。

院長是有名的縱情酒色的人物，有錢有地位，自由自在地玩樂，不是會長久跟一個女人在一起的類型。金龍跟院長夫人都是同樣的緊瞪型，她大概是容易跟這種型在一起的男人，所以說他作為男人，對我來說也是不太能應付的類型。也就是冷酷又殘酷的人。

結果是，我最終遇上了悲哀的自爆，被下了不能再去金龍那邊出入的禁令，已經不是嫉妒的層次了。

我說我要去死。那時金龍用力挑了眉，

「去死啊。在我面前，死給我看。」

就算是負氣好了，我也很想說那我死給妳看，可是我說不出口。我怕。割喉或服毒，在我掙扎到斷氣為止，她應該眉毛也不會動一下，就只是定定地看著。看完以後，哼也不哼一聲離開，光在酒席上聊聊閒話而已吧。我腳軟了。

我失魂落魄，抖著站起來，上了二樓，看著年輕妓女掛著的和服看了一個小時。在那中間，我自己心裡也明白，只有一個解決方法，所以下樓以後，兩手撐地，道歉了。

「我會洗心革面。不，我已經洗手革面了。今後我只會誠心誠意，效我犬馬之勞，在您的馬前效死忠。無半點異心。」

因為我說了在您的馬前效死忠，同樣在一樓的年輕妓女抱著肚子笑歪了。然後，不愧是金龍，她也微微苦笑，我總算能脫出虎口。金龍是愛刁難人的女人。那樣發火後，要讓她平心靜氣可不簡單，明明都要入冬了，她要我在浴盆裡裝滿水，讓我進去。接著她直直看著我發著抖臉色蒼白地進到水裡，又好像很無趣般轉頭就走。

我知道要領了。那種時候，最好裝瘋賣傻逗她笑。所以，就進冰水盆吧。是的，遵命。我說，反正都裸體了，順便，今天就來個緣廊下大掃除吧，於是只裹著下身的帶子，我突然鑽進緣廊下方，左左右右，徹徹底底清掃，全身都是煤屑，變成了黑人，然後再進冷水盆。重勞動的結果是身體也暖了起來，雖然還是受不了冷水，可是緣廊下的大掃除，又是我滿懷真心的行動，這是重要之處。

是戰爭結束那年的年底，院長的葬禮中，我凝視著穿著喪服的未亡人衣子，心意已定，我對天發誓，一定會讓妳坐上我戀人的位置，接著也對院長在天之靈發誓，我在心裡說著約定的話語，我絕對會把你的未亡人變成我的戀人，然後在靈前燒香，默禱。

衣子已經四十一歲了，膝下一雙兒女是十九歲的女大學生和十四歲的中學生，不過她清冷的姿色依舊吸引人，雙眼薄而細長、鼻子也挺直纖細、嘴唇也薄，全都是薄的，而且全部都跟金龍是相同的類型，果然也是直瞪著的女人。

然而我並不懂這類女人的生態。金龍善變，說善變不如說是妖婦，並不是藝妓的衣子又如何呢？我無法預測，用一般的類型也無法歸納她這個人。而這件事更鼓舞了我的冒險心和鬥志。

我先以要在靈前感謝多年來的恩惠的意思，帶了大額度的新錢，多次前往拜會，這麼一來，終於能在她的心上印出了像是女人客廳的通關證之類的東西。

因為這樣我窮死了。不得不拚命賺錢。

接著，在沒把握邀到衣子去看戲前，我非常注意地去發掘她的興趣。去邀她看她喜歡的東西，不是藝術。有必要去邀她應該喜歡，但她本人還不知道的東西，得到她的感謝。就算衣子是不知感恩的女人。總之必須要讓她的心之所向傾斜到我這邊，為此，一定要用最細緻小心安排的策略來進行。因為她原本是會輕蔑我輕浮性格的不同人種。

但是，我小心翼翼留神的結果，卻用了可悲的手法。本來，戀情無法開花的戀人，卻常常淪為幫情敵開路的奇妙命運，我明知其中的不堪，卻也讓自己踏入了陷阱。

衣子有個情人。她亡夫——院長先生在盲腸還是癌的內臟外科的手術上極富盛名，但是他去世後，亡夫的同學，大學教授大浦市郎博士，每週出差來看診，成為醫院的金字招牌。這位是衣子的情人。

大浦博士是好色的人，倒沒特別執著在衣子一個人身上，但他看上了她的財產。因為是那種人，我就不時送上砂糖啦、奶油啦、醬油啦、米啦那類，他也就跟我熟了起來，像是理所當然一樣，催促我下次要送什麼。我像小混混一樣心領神會。對方這麼出手的話真是可喜可賀，我因為完全沒有要詐騙或是馬上要回本的賺錢念頭，所以對方如果看不起我，我只會認為那就是成為朋友的表現了。

被看輕，換句話說，也就是對方願意接近我。在當下，已經能幫對方擦背了，如果是女人的話，就是接近對方冰肌玉骨的證明了。

所以呢，我故意說，這樣竭盡犬馬之勞的，也不能只是我吧，也讓我賺點吧，請讓我拿到大浦博士的文章，讓我刊在報紙或是雜誌上。不是精神病、婦女病或法醫學之類的，內臟外科之類的文章在當時一向不能作為讀物，大博士的文章也是一樣，我收下稿子其實倒添了自己麻煩而已。但我不表現出一絲絲那種態度，只讓他看到我感恩戴德的樣子。

說到那回禮是什麼呢？也就是，他說那傢伙真貼心，肚子裡可能有點東西吧，雖然粗魯愚蠢，出乎意料的是心地好的人。很快的，變成比預期還聰明，那傢伙頗可靠的，也有手腕，局勢漸漸變成這樣。我賺到的，簡單來說，就是那樣，也就夠了。這麼一來，很重要，衣子的周圍自然而然朝向我這邊傾斜。

某天，我被叫去大浦博士的宅邸，一過去，他說希望我助他一臂之力。

大浦看上了富田醫院的財產，可是他有老婆小孩，不可能跟衣子結婚。衣子又有很頑強的地方，牽涉到金錢，能清清楚楚地和戀愛分割，宛如盤坐在保險箱上，難以攻陷。

大浦博士最小的弟弟叫做大浦種則，是私立大學畢業的婦女專科的醫學士，二十八歲，還待在大學的研究室，大浦想要讓他和衣子的長女美代子，十九歲的女大學生結婚。他要讓種則入贅到富田醫院。衣子的長男還只有十四歲，到他獨立還有很長時間，所以把富田家的財產分一半，醫院就給美代子。長男要選什麼職業全看本人，讓他自由念書，等他成人以後，把財產分給他，讓他獨立，這就是大浦博士的如意算盤。

這件事，衣子遲遲不同意。所以他跟我討論讓我幫個忙，把事情兜攏起來。

「集衣子夫人的信賴於一身的博士都說服不了，像我這種人哪能成呢。我只是因為沾親帶故在那邊出入，但也不是說真的被親近依靠，首先，這麼深入的事，到現在她沒找我聊過呢。」

大浦博士說，「那個啊你說我是她全心信靠的人，但因為我是當事人，欠缺了說服力的最後關鍵。在這裡，你，衣子女士超乎意料地信賴你的處世哲學喔。女人啊在很奇妙的地方不老實，可能沒自信吧，明明非常親近接觸了，她們會懷疑會輕蔑，會冷淡對待的人，其實內心常常是很看重的，你的情況就是那樣，她可是出乎想像的信任你喔。」

博士因為是要和人接觸的職業，很懂人，頗懂人與人之間的接觸連結。對我也是，他這麼直白而毫不保留地談到和衣子複雜關係的重點，也成功說服了我。衣子其實心底很看重我嗎？是嗎？不如說博士因為知道不是那樣，才說出了相反的話。我是那樣解讀博士的心思，這種策略性語言往往實際上能抓住要害，說到很懂人，也是有個限度，人類的心理機微，是公式不能解釋的世界，換句話說，是個性和各自的獨特環境所致。

博士的恭維容易看透，不過意外地講到了重點，我內心其實很高興。總之，我很容易地被煽動了，我這個人，就是天真。最後被對方牽著走了。

不過我還是開開心心的，假裝上鉤，嘴裡說著「那總之，就由我去說吧」。於是我跟衣子說，「嗯，怎麼說呢，雖然我被大浦醫生拜託來說媒，雖然受了大浦先生的大恩大德，也不能說不行，可是，我好像對說媒這類正經八百的世界很沒輒啊。因為我真的是做黑的。所以哪，外遇的協調也好，小妾的照顧也好，如果要我去說那種事就很適合我，可是講到說媒啊，我真不知道從何說起啊。」

我先抓抓頭。這是重點，就像一般說的，兩口子吵架連狗都不理睬，以身相許的兩個人，就算尖銳的意見對立了，總之他們不是沒相關的人，我們得明白，箇中機微都會從某一邊洩露到另一邊。

雖然被大浦博士那麼拜託，但我是反對這件婚事的，我這麼一說，也許一時讓衣子很開心，但在什麼時候，事情會怎麼變化，對方這兩位並不是不熟的外人，這是我片刻也不應該忘記的陷阱。

「做媒這種事，太正經八百了所以很麻煩，這個啊，如果是黑市談生意，定價千圓的紙，流到黑市是兩千五百圓，買這種紙一百卷是二十五萬，把這些紙做成一萬幾千本的書，一本七十圓，賣個七位數一下子是七十萬，東扣西扣也賺個二十萬。那麼買吧，好的那就出手。事情可是清清楚楚。做媒這種事，家世啦、個性啦，那種模模糊糊的事，我做黑的人可處理不了。如果是小妾什麼啦，也不說個性合不合也不說家世，連年齡跟樣貌都不說了，就說每個月多少錢，這很清楚是我們做黑市的處理的東西。」

更表現出脫帽投降的態度了。實際上這個結婚的策略，比起黑市的處理，是更複雜的金錢計算，包藏著像是家族騷動等內涵深遠的鬥爭。這種古來的家族間的利害關係，是黑市交易裡看不到的模模糊糊又黏巴巴的東西，確實不適合我的氣質，這也是實情。

然而，發生了甚為奇妙的事。

××××××

那陣子，有位女記者進了我的公司。是陸軍大將之女，和陸軍大尉結婚，有一個孩子，名為夏川安子的二十六歲才女。

因為丈夫從幼年開始就是學校、陸軍士官培養的純粹的軍人，日本戰敗後自暴自棄、意志消沉、不痛快、天天發火。安子是女子大學英文科出身，美貌和才氣都被稱讚的名門之女，這種人出社會工作，比起金錢上的實際需要，更有逃避家庭、發現新生活、探究人生等意義。

我心想著這可是挖到寶了，當天就包了一些有的沒的私房錢，說是進公司的賀禮送給她，這時候，安子也同樣顰蹙皺眉，瞥了我一下。

她靜定地看著我，問說「這是公司決定的補貼嗎？」我回她「這是我致上的微薄賀禮」，她再定住眼，說了「那麼請容我辭退，這不是非收不可的吧？」那雙眼睛，奇妙地既深沉又水靈，在深處，像是和我隔著什麼，彷彿有所遮蔽。我笑著，「不，不是什麼大問題喔。本來嘛，就是這樣。沒有什麼深意的話，不會送什麼錢給別人吶。不過。妳也沒跟人說『請給我』，是人家擅自要給妳的，就算妳收下了，也不必付出任何東西。我呢，總之就是希望像妳這麼優秀的社員能夠在公司待久一點，所以致上微薄的賀禮，就算收了，也並非妳那邊會出現什麼義務。別人自己要給的東西，輕鬆收下就好了。看看電影、買買書，鞋子的話也能買個一雙吧？這點錢能對妳的人生有點幫助的話，可以說獻上這筆錢的我就滿足了。妳想太多，人生反而無趣了。萬事都能輕鬆接受的話，萬事都能輕輕鬆鬆。人生就是這樣。」

安子說知道了，收下了錢，於是我招待她吃晚餐，直言不諱地講我們紙張的流用等，挑明了公司的黑市性格，「這樣講我大概明白了，我這人只是個做黑的小人物，就是被金錢逼急了的奴隸，不過我也不是說金錢萬能喔。用錢能不能追求到真實的幸福，雖然也是問題，但不去試試金錢的好處，用鼻子輕蔑金錢或對金錢絕望之類的，我們別採取那種態度了。首先得嘗嘗金錢的好處，再對金錢買不到真正的幸福感到絕望，然後去尋求精神上的幸福，這樣才算是正確順序吧。萬事都得這樣，我的原則就是不信任空談的人生觀。」

安子的原則是探索人生，對惡德還是很寬容的，是總之全盤接受的態度。編輯之類的事、啟蒙或主義主張也是，她知道總之第一是要讓讀者覺得有趣，而且有很實在的地方，不會被美名或是僅僅被沒破綻的文章所矇騙。

邀她的話她也會跟著去酒席，舞場也願意陪著。可是，就瞪著我。那不是警戒的意思，是從性格上的對立來的。於是我對天地神明發了誓，這個夏川安子，我也必定要把她變成我的女人。

某天，我晚進公司了，很意外的，衣子的長女美代子正跟夏川安子在聊天。

這位也是，雖然是小女孩，還是狠瞪人的小女孩，一定是她那狠瞪人的母親在顰蹙的眼神下的觀察，不懷好意地把我的內幕宣揚了出去，明明都還不能獨當一面，一開始就瞧不起我。這種半成品的瞪視態度有點可恨，我把她當作衣子家養的愛吠的剛毛獵狐㹴那種程度的小動物，老早就敬而遠之。

「這是，這是小公主啊，歡迎光臨，歡迎。可不是好意外的賞光嗎？」

如果是在自己家，這種時候她馬上會面如寒霜，接著迅速離座閃人，但在這她還是個小女孩，只是稍微抬起臉，輕笑了出來。

說到這小東西為什麼會來拜託安子，那可又是極意外的事了。

美代子升上附屬女校時，安子是大學英文科有名的才女，是校中女王般的存在。美代子雖然是小女孩組的女王，但一直嚮往大女王，心心念念等自己成人以後要進入大學英文科，成為那樣的人，還奉上類似情書的東西，被安子懇切地曉諭後，開心到流了眼淚，這是兩人舊識的因緣。最終她貫徹了初心，目前在大學英文科念書，小女孩的一念，不可輕侮。

自從戰禍的紛紛擾擾以後，音信早就不通了，但這次想和姊姊討論發生在自己身上的煩惱，於是盡了一切手段，找到住址，於是光臨了我們的公司，所謂的煩惱，不用說，就是那件媒妁之言。

結果，一拜訪姊姊，又很意外，那個討人厭的黑市傢伙，竟然是公司社長。

在姊姊偉大的聖光下，她對我的態度也完全翻轉，不再是剛毛獵狐㹴了。

美代子說她討厭婚事的對象，叫做種則的婦產科醫生。不過在我看來，她並不是討厭種則，只是想讓自己討厭而已。她討厭的是這樁婚事的氣氛。

少女的直覺很準確，引發了圍繞這件親事的家族騷動的氣氛，讓人心痛。

「在這件事上，我也是早就被大浦醫生委託，和美代子小姐的心煩相反，他要我幫忙湊和啊。和美代子小姐般可愛的小鴿子為敵，我一定會墮入地獄。我是洗心革面，尊重美代子小姐，最優先考慮美代子小姐的心情，效我犬馬之勞。」

我如此表現了忠肝義膽。結果小動物突然開心起來，說出「其實我呢，有別的喜歡的人」。把她這樣的說法當真的話，事情就不得了啦。

這間醫院有一位叫做岩本的婦產科醫生。年紀只有三十，手術是名家，患者的評價也相當好。喝很多酒，是正直的男人，但也因為這樣，性情粗野，和我一樣，是被直瞪型的女人輕蔑討厭的男人。

這個岩本之前並不很直接地跟衣子說過想要娶美代子，就他的生意來說，她明明對女人的經驗不淺，可是天生性格也沒辦法，是因為他只會用他那種性格觀察女人嗎？他沒發現衣子暗地在討厭他。因為患者對他評價很高，衣子也重用他。岩本的求婚也算委婉地處理了，努力不要違逆他的脾氣，可是因為有這次的婚事，岩本以他天生的固執，開始了對抗式的談判。因為這回要成為女婿的人物，是婦產科的醫生，也跟自己在醫院裡的地位大有關係。

美代子早就很不喜歡這個岩本了，但一出現大浦種則的婚事，接著我也摻和進來幫忙，事情到這地步，她突然說出其實我是喜歡岩本先生的。這像是對我這人的存在的無意識的輕蔑，不太巧妙的嘲弄，如果是我以外的這種人物說出口要幫忙的話，她一定不會發出這麼輕率的言論。

「唉喲美代子小姐啊，這是真的嗎？你剛剛的話，我原封不動的搬去岩本醫生那裡，到那時岩本醫生一定像是山豬一樣囫圇吞棗，很得意的要把妳帶走當老婆。就算妳發出悲鳴，對那位像山豬一樣的醫生嘛，一定已經是來不及了。」

我的眼睛含著溫柔的笑意斜睨著她。美代子輕笑著，沒回應。

再重新細看，即將成熟的瞪視型的小女生，比父母的臉部線條更加圓潤，眼睛不小，很清亮，但是整體有點淡薄，蒼白地，繼承了母親苛酷的性情，也繼承了父親的性格，包覆著情火和固執和冷淡，健康成長的軀體，實在看不膩。

於是我又堅決地向天地神明立誓，經過千辛萬苦，如果我不能把這女人弄到手，我也不活了。

然而我並非以肉欲本身為目的。金龍的手段很高明，而說到謎般的豐滿的肉體，像我這種程度的玩家，一生都能有五六個人，但我知道那種東西，我們這種廢人般的靈魂可不會被滿足。

從三十歲左右開始，我已經對單純的肉欲的快樂絕望了。

這裡不得不說到我的恥辱，但是我被金龍虐待使喚，忍受侮辱，忍耐比死還可怕的羞恥，匍匐頂禮，因為比起肉體的依戀，那樣還更令我愉快。

說到我這人，對金龍來說，只是她不屑一顧的奴隸，踩踏踢踹，隨便像垃圾一樣捏起丟棄，金龍連一秒的感傷都不會痛苦。在男女關係上，能澈底變成那種白痴，能成為那樣的白痴，能那樣認識金龍，是神明授予的恩寵，是宿命。

一定要得到三個直瞪的女人，而且非得是直瞪型的女人，這也是我的宿命。

話說得這麼死，可能會被以為我是勉強把話講到這地步的，但根本沒有勉強。恰好相反，我活著的目的，只剩這件事了，清楚地明白這一點，我很悲傷。自己的人生，或是自己的心中，有自己不知道的深處，那還有著什麼。能感覺到這件事的人生，就還有救。

像我一樣，知道自己只是這樣了，知道限度了，沒有退路，感覺到進退不得的重量。頭也轉不過來，八方受阻，整體只是緊張到極點的重量，煩燥不已。結果，我的樣子，變得更加陰險了，我不看鏡子，也感覺得到這一點，因為這種奇怪的自覺而痛苦。

我點眼藥水，每天仔細刮鬍子，一天洗好幾次臉，也想厚厚地化妝，會有這種心情，事到如今也不是因為我想成為美男子，只是想要讓我的長相溫和一點。

然而我雖然決定要得到三個直瞪的女人，但絕非我對戀愛的技術有何過人自信。我只是想達到我的目的，我對只為了目的活著有自信。而為了目的獻上真心誠意。於是，我對這三位都奉獻真心。我所知的說服的原理就只在這裡。

像我這種天生的輕浮人，也不是什麼都很會玩，而且原本也不是很懂人。所以，雖然堅決跟天地神明起誓，追著女人跑，不悟之甚，苦戀、胡思、心亂如麻，最終沉溺在酒精中，憔悴身心，不過是可憐的蟋蟀。

本來色道就是迷惘之道，我就連那迷惘都參不透，回首來路，盡是慘淡的泥途，為讓後世一笑而執筆，是我現今虛幻的樂趣。

××××××

十九歲女孩的婚事，要說喜不喜歡男人，也不全因為戀愛的情感，完全是以浪漫的氣氛，賞玩著自己的人生而已，所以她的好惡因為一絲絲風向的不同，也會發生一百八十度的轉彎。

岩本是不會耍猴戲的猴子，他直接跟美代子談判，告訴她大浦博士跟衣子的關係，這回的婚事可以讓大浦不費力地拿走醫院。美代子本來就暗自察覺到那種氣氛，心裡正在害怕，但當聽到別人嘴裡講出來又是另一回事了，因為這樣而得利的當事人自己說出這種事又是當頭一擊，太潔癖的小女孩發火也是當然的。

「你這卑鄙的傢伙，脅迫者」，美代子當場激動地丟下最後一句話。

光是這樣，還不足以平息美代子的激動，她當面質問衣子，大罵「不要利用我，母親自己跟大浦博士結婚就可以了吧」。就算這樣，她還是不能息怒。同樣當面質問大浦博士。接著，也當面質問了大浦種則。

那時，種則表露出真心向她賠罪，他開口說，「可是，美代子小姐，我對你的母親和我的兄長的事，毫不知情。而且，我連一點要奪取富田醫院的膽量都沒有。原來事情是這樣，這件婚事是兄長發起的，事到如今，你已經是我不可或缺的人了。我不想要什麼財產。何止是不想要，就算說要給我，今後我也不會接受。我只想要你而已。我不當入贅的女婿，希望妳可以當我的太太。不是兄長出面談的那件婚事，能不能重新考慮我個人的求婚呢？」

然後，又說總之就兩個人冷靜點討論吧，說要回去就送她出來，雖然在喫茶店聊了，但美代子又說只要是母親和大浦博士的問題，就別再來羞辱我了，一腳踢了椅子，直接跑到我的公司。

美代子說已經不想回家了，想要在安子家同居，然後要我公司用她，本來不過是暫時的事，她的心情總會平靜下來，但是到那時為止，先讓她住在安子家一兩天或許也好吧，我小聲地跟安子說，安子想了一會，不久她明確地盯著我，果斷說出「我家不能讓她過夜」。

一問之下，她明白說出自家的良人很沒規矩，會對女僕下手，也會對同居的女兒或別人家的太太做出奇怪的舉動，所以不能讓她過夜。

「拿敗戰當藉口，太卑鄙了。」她語氣更強烈地這麼說，我對她的那種結論也有點反感，「可是啊，安子小姐。說是拿敗戰當藉口，敗戰之下，拿來當藉口，這還算好懂，我們人類啊，也是有沒有藉口卻犯下罪行的人吧。不能拿那種太直截切割的角度輕易地責備人類的脆弱吧？」

我會這樣為她的老公辨護，也是對她的體貼。就算太太大罵老公，也不能跟著罵。夫婦永遠是夫婦，我們外人必須理解這一點。我說，「這樣吧。那麼今晚，來住我家吧，安子小姐也一起來吧。家裡是有點不乾淨，可是我老婆是很棒的老婆，真的是親切的女人。」

安子考慮之後也贊成在我家住一晚，我並不是用那麼順風車的手法，看準了機會跟女性求歡。如果要做那種事，我一開頭就不會跟天地神明賭誓了。

我仔細聽了美代子的說法，可是，她離家出走的原因，絕對不像她表面說的那樣。我考慮了。種則披露真心來謝罪，說和兄長的做媒不同，請美代子考慮自己的求婚，對說出這種話的種則，不如說美代子是懷有好感的。可是自己感受到的好感，又轉為自我嫌惡，那樣的怒氣，化作了對家人、對母親、對大浦一家人的怨念，成為了激昂之情的俘虜吧。

直瞪眼的女性，竟然有兩個人同時到我的住所過夜，這種破天荒的事情，並不是能夠再有這番遇合的。因為這正是緩和她們顰蹙態度的機會，我自己也繫上綁袖子的帶子，比老婆更忙碌更活躍。中間孩子們吵鬧起來，還得去勸架，而且每三分鐘就有一分鐘要去討好直瞪派，這樣的忙碌真是賞心樂事。

吃了飯，公主們也累了，在準備寢室時，我翻遍所有衣櫃把家裡的棉被全部疊起來，竟有兩尺來高，女士們笑到前翻後仰。這時我說我先去報告吧，就趕緊到了醫院。

衣子聽了我的報告說，「那麼，她的意思是說我跟大浦醫生不確定下來，她就不回家是嗎？」照例像是瞪著我的臉一樣，我明朗坦率地笑著，「不行不行。您不能真的把大小姐當敵人跟她對立。那是十九歲這種年齡的浪漫精神生出的童話式的創作喔。實際上問題不在那裡。自己的問題是自己的問題，別人的問題是別人的問題。這有清楚的區別，各自獨立的，在事情的真相上，說兩者是交錯的，這是想像出來的虛構，完全屬於心緒的浪漫散步的多餘東西。太太和大浦醫生的問題，完全只是兩位之間的問題，美代子小姐的在意，完全是虛構的。」

衣子必定很不高興和大浦之間的祕密暴露在我們眼前。也就是說，她對我明明應該是越來越彆扭地偏向顰蹙那邊去了，可是她卻說著，「喂，三船先生，怎樣呢，你是不是心想原來我是那種女人啊？」本來這裡應該是皺眉顰蹙的，卻充滿了性感，淺淺地給了我一個秋波。我不禁打了冷顫，因為心中凍到極點的心情，一下子幾乎失神了。

這時該怎麼回她呢，正經八百的回答很像蠢蛋，閃躲也像蠢蛋，到了這時候我完全像是幼稚園的小孩。

「因為我只懂得情迷意亂，除此外，我是一生不懂什麼正經事的那種人，總算是放心了。人間萬事，沒這個就不行。雖然失禮，但別的事情我非常無能，不過關於那方面的心痛，不管何時我都願效犬馬之勞。這是我們黑道的義氣，如果不講到這個地步，好像也不能跟您像是人一樣的來往。事情就是這樣，拜託了。」

因為美代子不回家，在電話裡討論了以後，大浦博士要過來。於是衣子的媚眼，滿滿的性感，也在一瞬間的幻影之後又回到冷淡的瞪視型婦女，可是我也就滿足了。

但我卻深切感知到大浦博士這號人物是超乎預期的勁敵，是怪物。聽了詳情，安慰了衣子，和我一起離開醫院的博士，邀我去喝酒。

博士的念頭，不在衣子或美代子，全是夏川安子身上了。博士親戚的女兒有人是安子的同學，而且博士幫安子動過盲腸手術。

「結果夏川安子夫人是三船的特別祕書嘛。」

「您別說笑了，我可承擔不了。您那樣說，那位可要倒豎柳眉離開公司了。」

「可是，你啊，社長和美女社員的話，就先是那一回事了吧。要說的話，本來就不是什麼正經公司吧。」

「哎哎，別說笑了。您啊，醫院裡的生活還可能，黑社會的義氣是不會對女性亂來的。那位婦人，理解我們的仁義之道，目前有在視察下情的美丈夫喔。」

「可是，你也有意吧。」

「那是，您啊，我非木石之身啊。」

「啊哈哈。」

大笑一番，他突然對我舉杯，「這有意思。跟做黑的相比，我們可能很沒情趣。你們如果是物質性的，我們就是肉體性的了。我會去你公司玩喔。為了和夏川夫人來往。拜託你了。因為敗戰後身邊落寞蕭條，很饑渴於與麗人的友情。所以不辭千里之遙啊。」

「出現了先生這樣的強敵啊，真是困擾吶。請手下留情。」

我也附和了他，好的，這可又是一個新展開。所有出現在眼前的新展開，對我有多麼不利，我就要利用這些不利，做好心理準備，也不得不歡迎所有的不利。不如說，我祝福著新的展開。

然而，第二天，比預期還快，他現身在我的公司時，我被憤怒蒙蔽了雙眼。絕望的呻吟。我深切地想要殺了他。

和我們黑道粗鄙的新衣相較，他那套雖然顯舊卻優雅昂貴的衣裳，真令人憎恨。他的來臨光芒萬丈，有著像是要壓倒公司般的從容餘裕。

這樣一來，我死也不會輸的，我也當真起勁了。

××××××

半生如幫閒抬轎般，在見不得光的戀情中消磨浮生的我，即使今日手握若干金錢想正面對決，也只是確認了我不成材的窘況。

大浦博士出現在我公司的時候，離家出走的美代子剛好也來和安子會合，所以博士約了美代子和安子去吃飯。身負介紹安子的功勞的我，在場根本如同不在場，即便只是場面話，也沒人出聲約我。我全身怒火沸騰，又不得不佩服。

本來我這個人，就算是沒被邀請，也會賠小心地說著「好的，那麼我們走吧」「讓我來幫女士們拿東西，有沒有忘記的？」可是在像是我邀約的狀況下，那些事簡直嚴絲合縫。

不過呢，大浦醫生臨頭就先說著「往那邊」「小姐們往這邊」，簡直是老爺和大小姐，我就像是掌櫃一樣，最後買單還變成是我急忙地去付，情況真的是驚服之至。

在嫉妒心上，我是比別人更強一倍的，但對他人的戀情，我也保持基本的寬容，還是不得不佩服精於情路的他的手段，我是不幸的好事者，大浦博士雖然是敵人，但我私心佩服不已，我真是蠢蛋。

他確實是專家。情路的養成，和我不一樣。或許人的養成也是。

他不辯解。衣子和自己的祕密，都已經被我們知道了。對富田醫院資產的態度，大家似乎也都暗自有底了。對那些事情，他完全不辯解。

取代辯解的，對安子的追求，或是突然的引誘，他也不做，但是一有空，他就從心散發出一股我愛妳，妳真是既美又有才氣，真心令人敬佩的麗人的氣氛。對美代子也一樣，像妳這麼可愛的大小姐世上少有的飽含敬意與愛的言辭，他不忘在一言一行中表露。

無意義的辯解不足取。對於女性，正如他所做的，對本人的尊敬和愛，絕對是超越一切的辯解。

就算知道那種事，像我這種教養不好的人，又沒辦法厚著臉皮說那套，結果反而顯得很怯懦，變成像是帶著諷刺的辯解模樣，敵人真的可恨，而且雖然可惜，我不得不說是了不起的傢伙。

第二天，安子評論大浦博士，說他太死皮賴臉，簡直像是被他嘲笑般的不愉快。我內心大喜，想著多虧妳能發現這點，但趁勝追擊不像大人物，所以回應她「不是的，人啊，死皮賴臉跟善良是無關的喔，異常小心謹慎的傢伙有時候是滿腹牢騷小心眼的說謊家呢。」

「嗯，紳士也許是那樣的」

安子謹慎地沉思過後，又說了，「但是，我沒辦法對那種紳士類型有好感。」對那種話當真，打從心底真心相信著的我，也是蠢了。紳士這種人物，就是能融化韃靼麗人的眉眼戾氣。正因如此，人家才說戀情和變心，都從四十開始，不就是這樣嗎？一眼鍾情，彼此心醉，胸中顫抖、戀之歡喜，愚蠢至極。相愛的話，不就只是這麼一回事嗎？狐狸和蟬和秋夜之蟲都是聚在森林中鳴叫的，這些是沒道理的事，年輕的戀愛中人和蟲豸沒什麼兩樣。把融化顰蹙麗人的眉眼戾氣件事視為人生目的我，我這個蠢蛋，把女性讓我舒暢的話語珍惜地緊抱在胸前當寶的我，是廢人了。

兩週以後，安子開始說那位博士真是優秀啊。我突然慌了，事情已經遲了。

××××××

美代子是暫且回家了。送她回去的我，對衣子提言，「那，太太，您對這件親事不滿的是入贅，還有女婿是醫院的繼承人，對這條件不滿吧？不過，大浦種則對美代子，也說他自己不贊成這個條件。兄長博士的親事就讓它破局，回歸自己個人和美代子小姐，自己要娶美代子當太太，希望她能重新考慮喔。美代子小姐當時雖然氣呼呼的，但這是小女孩的祕密，她已經喜歡上大浦種則了，只是不能接受自己喜歡上了，所以表現得怒氣沖沖，這是實情，是我看到的樣子。兩人私下愛著了，都對入贅有所不滿，和兄長博士的提親不同，他們的樣子好像是想要自己私下結婚，不要被狀況影響，照他們內心的希望，讓他們在一起如何呢？」

結果衣子並沒說「是嗎，我想想吧」之類的，照例是給了我瞪視的一瞥。刺了一句「你很明白箇中原委嘛」。

那種瞪眼不要緊，會這樣說，是因為我從金龍那邊得到教訓，可以把這種眼神當作一種「理解了」的意思，用自以為是的要領，一個勁地自己多事了起來。結果是她柳眉倒豎，於是又在這時候，抓住被逼緊了的最後手段。我自己因為落入了輕率的苦境，認為自己深入虎穴攫虎子才是重要，這就是我的要領。

我旋即拜訪了大浦種則，跟他說不要理會兄長的提親，你自己去拜託衣子夫人。如果想娶美代子小姐，不需要對方拿任何錢，若你有這種赤誠，太太和小姐私下也都有應允的意思了，只剩下最後決定的一招了——是真心和不撓不屈的熱情。結果種則表現出傾聽病患的和氣態度，卻沒有對我的好意買單的反應，只是點點頭，說出，「原來如此，嗯嗯。我們二十幾歲這一代，是失落的青春啊。首先，我想一定要找回已經失去的熱情才行。」我像是被小鬼嘲笑般不快。他的話語裡沒有任何實感，只是行禮如儀念經般的義務回應。也就是說，他對我這個人只是採取了輕蔑和完全忽視的態度。

比起女人的顰蹙中相對性的敵意或反感，他是更驕傲，裝大人，瞧不起人的態度。

「哈哈。熱情這種東西，是要去找的嗎？失落的青春，那是什麼？是掉在哪裡了嗎？青春這種東西，像是懷裡的錢包那樣嗎？」

「是空白的一代喔。都是戰爭害的，我們的青春都空白了。」

「空白的東西是什麼？沒有談戀愛，取而代之的就只是戰爭而已了嘛。以前的書生不談戀愛也沒有戰事，只是在租屋的鐵架床上翻來轉去放空過日子而已。說是空白的世代這種話，只代表說的人腦袋裡是空白的吧。」

「這是世代差距啊。」

喔喔是啊我莞爾一笑，被這樣說，像是被噴了一臉煙。真是頭腦不好的男人。但也許他就是對女人很有辦法。也不是輕蔑，但好像抱著這傢伙有點蠢，輕巧地收拾掉的心情，而且就算覺得會失敗，即使是蠢蛋，即使有點愚鈍，人類本來就是難以揣測的怪物。忘記這件事的我，真是膚淺的蠢蛋。

對著美代子，我偷偷搔了搔她的心底，「大浦種則這位啊，不是有點帥的男孩嗎？也許並不是特別聰明，不過聰明不算是紳士的必要資格吧。爽朗過著每天的日子，大概就是紳士的才能吧，所以種則先生是紳士，也是帥男孩吧。在如花的青春時代，比起閱讀英文學之類的，和英俊男孩的心臟緊密相連，那才是淑女之道吧。」

安子有才女的高尚氣質，學文學也不奇怪的自然之處，不過美代子本來和文學沒什麼關係。閱讀英國文學還不如去看電影更合乎她的本性，私下也放棄了學問，不過我這麼一搔，突然她照例瞪了眼。

衣子又對我發火，「三船先生，請別多事了。你太粗魯了喔。很煩耶。跑到別人的家庭亂來，你沒自覺帶給人困擾了嗎？」

「真是抱歉了。但這就是所謂犬馬之勞喔。我粗魯是與生俱來的沒辦法，但您可一定要收下我的真心喔。」

「真心可不是強迫別人接受的東西！」

她的肝火如同在蒼白的皮膚底下跳動般透了出來。我這個人，那時候是多麼意外，因為怨恨和悲傷而混亂，但另一方面，在那種時候被她的性感所迷，這種奴才性格已經滲透到我全身了。

於是，我被趕了出去，婚事則繼續進行。不過，大浦種則這一位愚鈍的醫生，果然不只是鼠輩而已。

面對美代子，種則話說得很優雅，說入贅繼承醫院、拿一半財產不是自己的意思，自己除了美代子小姐以外，一毛錢都不要，和兄長的條件不同，這回是自己個人的提案，希望對方重新考慮。

而實際上，開始和衣子直接談判，他有顯示赤誠的地方和強硬的做法，實在是強勢的男人，反正，比起衣子，他已經鬆開了美代子的心。

他每個禮拜日都邀約美代子。入夜後，大概都會來醫院玩。最後是每晚都出現，就跟自己家一樣，到這地步，美代子也突然像以前一樣對我很不客氣，非常冷淡。這是我沒想周全的地方，這麼一來，我當真動氣了，於是帶上安子去醫院。要她別忘了這是她崇拜的姊姊的社長，雖然是膚淺的示威戰術，像我這種人，一膽怯馬上就很沒出息，現在到醫院，如果沒有安子同行，都怕會被侮辱一樣不安，每次都要拜倒在安子前面。

「你知道，我原本是小人物，所以也會生氣的喔。希望妳明察。我看透美代子私心已經愛著大浦種則，所以想要效犬馬之勞讓兩位結合的，不就是我嗎？結果他們一好起來，你看，就羞辱我欺負我，把我當作多事的討厭鬼。像這種沒苦過的人，就是這麼欺負一片好意和真心的人，還以此為樂不是嗎？像我這種人也會生氣喔。但就算被這麼糟蹋，我還是一片真心，想一路跟著直到看到事情完美收尾。不，我就是不得不跟著的個性。這種地方，還請妳明察。所以，就算被踐踏，我還是要去喔。所以，要拜託妳同行。即使只是一點也好，希望悲慘的回憶能少一點，不要讓我覺得我很悲慘。我吶，是很粗魯的傢伙喔，可是我非常非常膽小。陷入悲慘的心情，是最悲傷的事。悲傷的回憶更是我人生大敵。請明察，夏川女士。」

就這樣把我的底限秀出來，也是我的示威。反正對手是顰蹙麗人，不如把我的後台都暴露出來。衣子或美代子可能缺乏親切的氣質，可是只要拜託安子，她是有為他人考慮心情的能力。

衣子說過，「安子女士。三船的報社妳就別做了吧。當黑社會的社員，也會減損妳的格調喔。」安子稍微想了一下，嚴正地抬起臉，「新聞工作本身是很正經的工作。我認為是相當值得的工作，也很認真工作。雖然我常常對社長的編輯方針不滿，但大概來說，共鳴的地方很多。」

安子不會說謊。她並不是不懂得玩笑，但是對方輕薄的話語裡，如果對她而言有不可輕視的意義，她就是只會講真話的性情。用開玩笑的態度對她搭話，結果她顯得正經八百的，所以衣子覺得安子望之令人生畏，對她不抱親暱的態度。

「安子小姐也真是不太可愛的人吶。那樣正襟危坐的，她丈夫也沒辦法安心放鬆呢。」

衣子不懷好意地瞪著我這麼說。

「您啊，那是，所謂說話這種事，不合頻率就沒辦法。安子女士跟太太也許是頻率不合，可是對頻率合的人來說，很少有那麼可愛的女性喔。」

「三船是覺得頻率很合？可是安子小姐覺得跟你頻率不合，很困擾的樣子呢。」

這麼一來，連美代子這個小妞，都給了我瞪視的一瞥，

「如果不是社長和社員的關係，這人應該根本不能靠近她身邊呢。這是黑市的時代啊。通貨膨脹結束後，某人的短命政權也要告終了。」

戀愛真是不可思議。對那麼崇拜的姊姊，美代子也暗自生疏了。可是她沒意識到這點，只是轉化成對我的侮辱表現了出來。

不過，這段戀情，卻無法順利進行。

大浦種則說過他要的只是美代子，並不是要幾文錢。

可是博士哥哥卻表現出喂喂可不能讓你擅自做主的態度。那時候，沒有比學者的生活更慘的。雖說醫學部教授還算是好的，也還有個限度，不說菸酒，連必要的卡路里都沒能充分攝取。書也買不起。連火缽裡煤炭的碎塊都有限制，就算從前多少有存款，也隨著通貨膨脹掉到不值錢，連明天的希望都沒有了。

對弟弟種則，也沒有可以分給他一分錢的財產，連一套禮服也不能幫他做。新娘應有的嫁妝是救命的繩索，富田醫院這大名鼎鼎的富豪的獨生女，沒有嫁妝這種愚蠢的親事，他可是絕對不能贊成。原本他已經看穿美代子的感情已經充分地傾向種則了，所以看準時機，表明了態度。

大抵婚姻政策這種東西，學者比起政治家或是官僚更厲害，但到了大浦博士這裡，結婚和嫁妝，是想當然爾已經決定好的，他那大官的態度，真是天下太平，沒錯的。

先前坦露了自己個人赤誠的種則，稱道新憲法、家庭的解體、個人的自由時代、博士哥哥的干擾什麼的也應該不算什麼，豈料啊，如脫兔般的戀愛中的熱情男兒，忽然羞怯了，變成了哈姆雷特。

結婚以後，必得離開兄長的家。自己還只是研究室的副手，沒有獨立自營生計的自信，如果兄長的援助斷了，馬上會陷入生活的困境，不是純情或理想的問題，是現實的問題，他這麼說，黯然地低下頭，仰天長嘆，像是要忍住淚水一般。

最後他教唆美代子，兩人離家出走了。

過了十幾天，兄長的地方來了哭訴旅館帳單的書信，最後是大浦博士急忙到箱根逮住他們，兩人回來了，事情都到這地步，只好結婚，衣子也是那樣想，但大浦博士突然改變態度喊停。說無論如何，如果沒有一半財產的嫁妝是不會讓他們結婚的。他計算動產、不動產、甚至醫院各種設備的財產，明確暗示了全額的恰好一半，說了，沒有這些錢的話不行。遠比稅務署的查稅嚴厲，又很任性，如果醫院被拿走了那一大筆錢，甚至會經營不下去。

「這……你這是詐欺喔。簡直像是男人設的美人計吶。當然，種則也跟博士兄長是一夥的。好。你們請看吧。我讓你全部說清楚。」

說了以後，請種則過來，讓他在我和衣子前面，我才說出「那麼大浦，我問你」，衣子的表情突然變了，好像現在的敵人是我一樣，臉色透著蒼白，嚴厲地定神看著我，「因為這事是我們家的恥辱，要在只有自己人的情況談，三船你就先退下吧。」接著叫了女僕——

「三船先生要回去了。」

不讓我有說話餘地，就下了宣告。糟蹋人到這地步，我也只好退下了。原來是這樣，我說要把種則叫來，讓他說清楚的時候，也許衣子並沒有很積極贊成。可是，因為她連反對的一句話也沒說，而且看我打電話叫種則來的時候，也是沉默地看著而已，當作她贊成也不奇怪。

不過，種則現身了。情勢忽然轉變，來這招嘛，我也激動了起來，「啊，這樣嗎？可是，說到這件事是當家的恥辱，從頭到尾最清楚的可是我喔。之後還要隱瞞，不就像藏頭不蓋腳的以良波歌留多牌卡[2]一樣嗎？我只是為了當家好而已……」，她不讓人說完，「歌留多牌卡的句子可沒辦法收拾局面呢。三船先生是搞錯了吧。我們家和大浦家的關係很特別的。您不知道。比親戚更重要。是不能跟我們家和三船家相提並論的特別關係。所以！」她的話就停住了，凜然一瞪，事到如今我只好縮著尾巴退下了。藝人下舞台的方式很重要，伶俐地來一個轉身，要有那種餘裕才行，我比縮著尾巴的敗犬還難看，太可憐。

就算這樣，我經過走廊到玄關的時候，急忙地厚著臉皮，以河內山[3]的百分之一的自暴自棄重新振作，「阿好，可以暫時讓我在女僕房休息一下嗎？」

「啊呀，怎麼了？」

讓她拿著鼻藥，我一邊跟女僕調笑說，「可以買個酒或什麼的給我喝的話，大概就到處都會有人在說不想讓阿好當女僕囉。」在那裡等著。

等種則回去以後，我又厚臉皮地跑到茶之間，早就覺悟她一定會很不高興。衣子看起來滿臉嫌惡，一副厭煩貌，瞪了一眼，別過臉去什麼都不說。

「結果如何吶？」
「什麼樣的結果你才滿意呢？」
她憎惡地瞪著。我很驚訝，縮著身體，又因那性感而瞠目，暗地裡滿足了。
「我們家和大浦家失和，降下腥風血雨，你是不是就滿意了？多事地竄來竄去，到底在圖謀什麼？」
「說什麼竄來竄去圖謀呢？又不是住在屋頂的老鼠想偷吃麻糬，太太您這樣說得太過頭了。我是一個四十歲的男人，多少有分寸的。是有點失禮，但是跟在溫室長大的太太相比，我更通達世情。我是看不下去，不，我是不得已才多事的。真的嘛。我有被毒殺的必死決心了，不，這不是失言。對和尚和醫生這兩種人可不能掉以輕心。他們一年到頭都在處理這些事，可能比赤鬼更冷靜。我沒圖什麼。只是說出了大浦一家人在圖謀什麼。我只有拚了命的善意而已。」
衣子轉過頭去不理會。
看那說法和樣子，衣子一定也是得出了和我的推測相同的結論，我看出這一點就安心了，再細究只會討嫌，萬事都有時機。

「我的心事光明正大，還請諒察。如果我的想法最後僅僅是淺薄的誤會，我會好好地切腹，向您家族和大浦博士道歉。我並非想破壞此事。在這事的圓滿解決上，如果希望不肖能效微力，不論如何，我都願盡犬馬之勞，又，我會把那種辛勞視為光榮。」等，只是露露口風表達心情，當天就告辭了。

××××

那晚，我被衣子趕走，大為彆扭，生氣極了。無法察知他人的心情，是我能力不足之處。我一直自以為很懂別人，到處多事地照顧人，實際上只是自以為是，說起來，我只是乖僻又易怒，根本無法察覺別人的心情。

就衣子來說，那是女兒終身大事，她很認真，下了決心，一定懷著悲痛的心情。對於我的多事，她輕巧地周旋，把我趕了出去，和種則促膝談判，跟我這種玩弄詭辯乍看之下好像能嚇唬人的不同，那邊應該是猛烈地咬住要害了。

本來女人就是這樣，臨到不得了的重要關頭，不能把事情交給別人，是用咬住對方喉頭的死勁，不懼怕對手地勇往直前的。雖然早知道是這樣，但因為我是個蠢蛋，所以乖僻又彆扭。

新憲法頒布後的這個時代，一個成熟的男人說著兄長的心情如何，放棄自己的想法什麼的，真是微妙，在社會裡，因為新憲法，年輕人都任性放肆，傷害父母的心情，這才是時代的風貌。這大概是兄弟結夥編出的說辭吧，被衣子這麼盤問，種則回答，「不是的，但是說我是一個成熟的男人，才不是啊。大學裡助手的津貼，根本連配給的菸都買不起。我完全，是生活無能的人。」

「這樣的話，我可以給你足夠生活的錢，不是也說要給你每個月的生活費嗎？對生活無能的蠢蛋來說，那也太多了吧。說要全部財產的一半，你們兄弟倆骨子裡是強盜。」

說得很過火。女人在緊要關頭重新站起來以後，會壞心地抓住重點，用最大層級的汙言穢語來解釋對方言行。像我這種小流氓，因為能同理敵人的弱點，所以沒辦法這麼攻擊對方。

那時候，種則醫生如此回答。

「太太，您不理解我的立場呢。我如果跟兄長鬧翻了，會一輩子失敗，再也不能出頭了。我雖然是私立大學的助手，但全是多虧了兄長，我的頭腦特別不好。中學的時候，數學、物理、化學是丁，英語也是丁，漢文和國語是丙，也是靠兄長的庇蔭才能進大學，當上助手，總之讓我能有個醫生的樣子。醫生是要懂得退讓和重點的。我就是因為這樣，很好相處，也能把患者安撫得妥妥貼貼。這就是訣竅。穩當地跟醫局的人來往，不露出馬腳，患者也對我評價很好。嗯，是很不錯的年輕醫生。這都是託了兄長的福，而我也更明白重點了，知道怎麼討教授、學長、同輩的歡心。要說的話，這是我的才能。我不會做那些讓人生氣的事。可是，我這樣的才能得以發光，有賴兄長的庇蔭，如果不是他，我肯定誤診連連，一定連護士都在肚子裡瞧不起我的。所以，如果我被兄長拋棄，連護士也會馬上拋棄我。我這一輩子，就要失去靠山了。」

數學、物理化學拿丁，英語也是丁，漢文和國語是丙，真敢說耶，這個讓人絕倒的男人，不管怎麼對他生氣，姿態都低得不得了。

衣子也氣悶了，嘲笑他「完全是低能呢」，就回答「嗯嗯，也是，天生就這樣沒辦法」，戀情的紛紛擾擾，到最後的奮力演出，大概都會演變成這種談判的漫才劇吧。這也是我親身體會的事。

然而，衣子尖銳地瞪著種則，「那麼，你一開始就打算玩弄美代子，是要欺騙我們的吧。事到如今，說什麼低能，你應該說過吧，跟兄長談的親事不同，你想用自己的意思迎娶美代子吧？這些從一開始就是兄弟兩人勾結的計畫吧？」她這麼一罵，「不、不是那樣的，那是戀情的發心。」

「說什麼戀情的發心，一邊說著一分錢都不要，現在卻說要全財產的一半，不是兄弟串通好的謀畫是什麼。就算不知世事的女人，那種事我還是看得透的。」

這時候，種則安靜地哭了出來，像是含恨般地瞪著衣子，「所以，我明明很低能的。這種事，我不想對任何人說。我是很想隱藏自己的恥辱。您完全不能理解我悲傷的心情，這可不行喔。我被兄長捨棄的話，能怎麼辦好呢？這很清楚吧。我這個人，也不願意想起自己是多麼無能的蠢蛋啊。」

大概是這種漫才風的調子，本來就不可能談出什麼。

衣子氣得不得了，要美代子跟種則絕交，宣告不能再見面也不能通信。可是，還不到十天，兩人再度失蹤了。有鑑於上次經驗，這次美代子拿了鑽戒啦金錶啦那些相當貴重的物品離家。雖然找了兩人可能躲藏的地方，但不知道他們的行蹤。

我心想這也是個機會，試著問了她，「怎麼樣，一直關在家裡悶悶不樂也不成，搜查順便保養，到溫泉附近走走怎麼樣呢？安子也很擔心，三個人去逛逛如何？」但是她不理我，連個回音都沒有。

這麼一來，我也倔了起來，我好像被那股勁頭帶著，變得很強勢，不能乾乾淨淨解決事情，奇怪地表現出固執的彆扭樣。

那時我給了員工三晚的溫泉慰勞之旅，也是想要跟安子私下調查，表現出某種看起來好像會有斬獲的樣子，但只是開始以後停不住的勢頭而已，不過真是很糟的演出。首先，花的錢很多。

這樣的糟糕演出，忽然有了回報，在事情決定時大浦博士出現了。這壞蛋，應該是馬上明白我肚子裡的想法，可是他不動聲色，說是這旅行很好，因為我也沒辦法待在家裡不動，讓我參加這行程吧，費用我會自己出。當然他的目的是安子。

事情到這地步我氣得不得了。他這樣的話，我也管他呢，我豁了出去，決定來個迎頭痛擊，用一副若無其事的表情去找衣子。

我裝傻說，「其實啊，太太，我們公司，要辦個箱根伊豆的三晚慰勞員工的旅行，趁這個機會，想到處查找大小姐的消息。可是吶，大浦博士聽到這件事，說那剛好，要我們也把他加進去。就是他一直私底下想著如果方便就想去找的。如說的也是，剛剛好有好機會，如果沒有方便就不找了，方便這事真是奇怪吶。如果想去找，一個人趕快出門找的話不也很好嗎嗎？不過，嗯，也就是這樣。但怎麼樣呢。都這樣了，太太也考慮一下，有這種方便，不如一起來吧？」

男女情事這種東西，實在不可理解。肉體呢，真的很悲涼。嚴令禁止美代子和種則見面的衣子，即使看穿了大浦博士的策略，兩個人的孽緣還是沒有斷。

這就是大浦博士聰明的地方，就算弟弟被疏遠，自己的算計被看破，還是能裝傻緊咬不放。他很明白，只要他緊咬不放，再怎麼樣瞧不起，再怎麼樣憎恨男人，女人還是沒辦法親手斷掉跟男人的孽緣。

跟男人的肉體相較，女人的肉體似乎更加悲涼的。女人的感覺系統，一旦認知了憎惡和輕蔑的通道就會極為銳利而激烈，馬上看透男人粗淺的真面目，一直剝皮剝到最底的一層。接著憎惡輕蔑到極點。雖說如此，女人的肉體之弱，是會懷抱著那極致的憎惡和輕蔑，卻無能從泥沼中的孽緣脫身的悲涼。

大浦博士說想要加入公司的慰勞旅行。是為了接近安子的執著。我佯裝不知，壞心地暗示了這點。我這個人，也很生氣。被當成笨蛋到那地步，我也會存心讓對方不爽。即使我搞砸了，我這樣的人，就算偶爾搞砸事情，也還是想惡作劇的。

衣子澟然地倒豎柳眉。尖銳地睥睨著我。極狠瞪與輕蔑的表情。那也是我早已有覺悟的。

怎知道，已經不是柳眉倒豎，我本以為連眉毛都要劈啪作響的時候，她竟然笑了，爽朗地對我說，「你能帶我去那種做黑的地方嗎？我還沒看過什麼通貨膨脹的後門生意、也沒看過流浪兒童、潘潘跟後門做黑的。」

「您在說什麼呢？我們醫院不就是這通貨膨脹街道的商家之一嗎？」

我突然慌亂了，胸口突突，心口亂跳，衣子接下來說的話很恐怖，不知道怎麼一回事，是無心的高亢的回應。

「被巡警抓住，丟進拘留室，也是很有趣呢。」她用不在乎的表情催促著我。意想不到的結果。

衣子醉了。雖然是我讓她喝醉了，但她是自己想醉倒的。最後，我們進了賓館。

我這個男人，不可能愛著衣子。不如說，我應該是輕蔑她的。爛醉的衣子，嘴裡說著美代子隨便她啦。我想死了。想當潘潘。已經無所謂了，我啊我的。她自暴自棄了。我雖然可以理解四周的各種局勢是怎麼把衣子帶到這地步，但四周的局勢並不是我的小動作設計的，就連這一天的發展，也不是我策畫的。

我也有一絲鬱悶。因為我沒辦法自豪。我是想靠自己的安排，讓事情走到這個地步。

我一心一意想讓三個瞪視型的女人變成我的掌中物。不是因為愛，是因為我被他們瞧不起。我的心情完全放在攻略上，因為艱難險惡，所以意氣昂揚，心情也很激動。換句話說，三位女性是我可愛的敵手，人家說，愛你的敵人，我正是全心全意愛著我的敵人，也很願意尊敬他們。

因為我想尊敬我的對手，不想看到她們下流的樣子。所以希望在自己的安排下成事，我要用暴力征服她們，不願意看到她們的情欲。

可是好像都反過來了，我順著衣子自我放棄的態度，進了賓館的門，本來應該是我好說歹說纏她的結果，結果不是那樣，我果然還是有點寂寥了。

「這是玩玩喔，太太。和大浦醫生不一樣，我除了玩，完全沒有多想。我完全不會對妳施加任何束縛。首先，我永遠會叫你太太，而這個遊戲，只是兩個人之間的事，到死為止，我一點都不會洩露這個祕密。我只是打從心底尊敬、愛著太太，我完全就是僕人喔。」

可是，醉倒的衣子，完全聽不盡這番道理。

「怎樣都好喔。死在路邊也可以。」衣子不很輪轉地說著，靠著我的肩頭腳下踉踉蹌蹌的。那倒還好，在醉眼裡突然充滿了如火的情欲，她看著我。原本就不是保有理智的人，現在是接近顛狂了。我有點發抖了。想要哭出來。我一邊說著真沒辦法，心頭像是在做夢般雀躍。

衣子沒換睡衣，和衣倒在床鋪上，我一躺下靠過去，果然她突然警醒，「三船先生，不行。」

「可是，事到如今妳這麼說……」

衣子扭著身體擋著「你喝醉了」，「不，我沒醉。我很冷靜。」

「我醉了，我爛醉了喔。可是我的頭腦很清醒。你跟我說好。不能去旅行。不要放我一個人。」

「好的好的，您的命令我一定遵從。我不去。」

我非常悲傷，難受。像是瘋子般抱著衣子的頸項，落下了接吻的雨。

我久久難以成眠。

看著衣子睡著以後，我起來，喝了放在枕邊的酒。

茫茫不安的心頭，有股悲愴。然而，也有溫暖的愛情。可愛的女人啊。我思考著關於時間的事。追著這個女人的時間，在心中決心要征服她以來的時間，不是這段時間發生的事情，只是茫然地意識到時間本身而已。那是某種類似「懷念」的總量的感覺。我沒想著什麼別的事。只是放空地喝著酒。

××××××

第二天很忙碌。我遵守和衣子的約定，只能不參加旅行，但是，我不去是無妨，想到大浦博士和安子，我就受不了。

我到公司，叫了局長來，

「我不去明天的旅行喔。我不去比較能慰勞各位吧。不過，大浦博士，能不能用你的力量隨便敷衍呢。這醫生的目的是安子，我打算讓安子也一起缺席，你啊，讓這位醫生胡作非為，你應該也忍不住吧。你們應該是沒辦法接受吧。」

和局長討論以後，要用這個機會給大浦博士一個教訓，所以先玩玩他，把他先帶過去伊豆，再跟他說其實社長和安子小姐會晚來，因為他們會在其他地方找住宿，為了不打擾慰勞旅行，只有最後一天稍微露個臉，白天會在別處找大小姐的去處。

怕待在公司裡大浦博士會過來，所以邀了安子，「安子小姐，我有事拜託，明天的旅行希望妳能缺席。」我說出來時，已經下定決心，也立了計畫，帶著安子到了近郊的溫泉旅館吃午飯。

這種事，就是一股勁，大抵男女情事都是這樣。我跟衣子道別，馬上就趁勢要去追別的女人。這就是一股勁，很奇怪，膽量十足的決心也充飽了。

好吧我們靜下來好好說吧。我跟安子介紹說這裡，也就是說鑛泉這種地方，實際上是偷情的旅館呢，這是為了後學喔，我們在桌子兩邊相對坐下，安子態度平靜，一點都不隨便，儼然古代武士般正襟危座。我不客氣地放鬆坐下，喝了酒。

「那就是剛才說的，這次旅行，為什麼希望妳不要去，是因為我對大浦醫生的圖謀很不開心了。當然，您也知道，大浦先生的目的不是要去找失蹤者，他是看上了安子小姐妳吶。」

安子連一個毛孔都沒動，表情一點也不變，「我的事我會負責，不用缺席……」

「不，那是我的期望。這不是社長命令。拜託了，也就是說，我討厭大浦醫生，所以我想將他一軍。」
「我不覺得大浦醫生很討厭。」

她說得直接。看起來包含了對我的敵意，但我把這看成是激烈的決心，紋風不動。

「可是，不是很討厭嗎？說是去找美代子，根本沒那種心，很卑鄙喔。」

「在那種情況，那很自然吧。故做正直地說一些無聊的事情，對我來說比較詭異。」

「我這可是輸了。完全像妳說的那樣。其實我一直以來都那麼說，我完全背叛了自己的說法，真是小人物的悲哀啊。」

對這種女性，只能用正攻法了。

安子當初對初見面的博士看似沒有好感，但因為被他不尋常的執著糾纏住，轉而對他產生了好感。安子所見的正義，是那個人不欺偽的直率，至於他過去的情事等等，她不在意。這是最理所當然的女人的感情，扣掉了理智、教養和凜凜然的氣魄，安子也是最理所當然的那種女人，用半生不熟的學問，理論式的肯定自己女性本能般的感情。原本我是配合這一點在構思的。

「實在是太淺薄了，支離破碎，這出於我膚淺的嫉妒。我老實跟你說，這是吃醋導致的膚淺的心理機制，我是要懺悔，我平常不愛吃醋。我熱愛女性。我的熱愛是盡我的犬馬之勞，盡我所能的尊敬，因為身為僕人的喜悅，滿足了我的戀愛，這是我表面的原則。我想和愛人一起玩樂。愛，就是玩樂。所以，就算被踐踏也無妨。為了被踐踏，我甚至想獻上柔軟的鞋子。對戀愛的僕人來說，愛人應該總是自由的，想做什麼別的事，想要找別的愛人，我是不得不閉上眼當做沒看到的。我討厭吃醋。對我自己來說，這也是很不愉快的感情喔。明明是這樣，我果然還是會吃醋。這是本能，真是丟臉。」

安子的表情和她正座的姿勢，都完全沒動。我呢，既然開始講了，不懼怕也不畏縮，不會因為普通的事情就往後退。

「然而普通的醋意，我也都隱忍了。而且，也是不得不忍下來的。可是，大浦醫生的情況特殊。醫生和我的關係，至今為止，雖然我盡了犬馬之勞，但光是徒勞地被踐踏、被利用、受傷害的關係。吃醋？不，這已經是男人的志氣了。尤其在安子小姐妳的事上，我不能認輸。大浦醫生說要參加旅行以後，我晚上幾乎都睡不著，終於下了悲愴的決心。我敬妳、愛妳，幾乎像是要祈禱般地愛你，我嚮往妳。但是被大浦醫生澆了冷水，那位醫生和我的關係，至今為止是那個樣子，因為那番惰性，我只能祕密的，不乾不脆地彆扭、絕望地愛著，非常的悲傷。我現在能夠這樣表白，心裡很坦蕩清淨。因為是這樣，我拜託了。旅行請妳不要參加，如果不答應的話，我就得因為心中的悲切死掉了。」

安子默然，臉上沒有表情，但不久後強顏歡笑，「因為我並沒有跟你熟到可以接受那一番話，現在要說能不能真心給你回應，我心裡也沒底。你都說到那地步了，我想我也只好不參加旅行，所以就不參加了。這是因為我難以違逆你的話的回應，並非真心想那麼做。」

極為冷靜。我有點困惑了。不知道接下來說什麼，但不能這樣，只能像是勉強給機器上油般說道，「太可喜了，很幸福。多虧你，我也安心了，可是，硬是扭曲妳的心情的苦楚裡，有困惑，不如說有罪惡，跟難以忍受。我對女性的愛意，原則是身為僕人的侍奉和尊敬，像社長般說話很奇怪，何況是利用那種關係，我真的不能忍受。希望妳不要把我想成什麼社長，請妳聽我說。我是尊敬妳、傾慕妳的僕從。本來我只是一介黑市生意人，教養低下的男人。愛過無數次。但我還總是以侍奉愛情、侍奉愛人作為我的喜悅。我不會說什麼跟我結婚之類的謊言。我請求妳，把我當成僕人和我玩玩，玩玩就好了。反正像我這種人，沒有女性是一開始就會喜歡我的，所以我總是拚命地請求著。但也因此，我卯足全力讓人喜歡我。遵從指示，不管如何都讓人看到我的實心腸。赴湯蹈火，在死不辭。不管哪個愛人都是如此。可是，安子小姐，像我一樣缺乏地位和學識的人，和我有關係的女性也一樣盡是沒有學問、理想和氣質的人們，這完全是敗戰所帶來的寶物吧，得以親近像您這樣高貴的，有見識的婦人，就像夢一般喔。從妳看來，也許是下賤、下等、應該鄙視的蟲豸般的人物吧，但是服侍戀情的我這樣的僕人的心情，完全是賭上了這一生，雖然不足道但無可取代的靈魂，只有這是我生存的意義，是我的自負，是我的全部。希望您容許我為您獻上真心。您說什麼我都聽。效盡犬馬之勞。對您的身心，我以僕人的真心尊敬，愛您，敬您，希望您能與我同遊。請傾聽我的心願吧。」

安子的臉色，同樣不可侵犯，但不如說，好像浮現了柔和的影子，「我對肉體沒什麼執著。戰爭以後，經歷了種種幻滅，我的想法也變了，不過，並非捨棄了理想。比起肉體的純潔，還有更重要的東西。在這個意義上，我已經不會被肉體的純潔之類的想法束縛了。可是，我也不是輕賤肉體，也不是只貪圖肉欲的快感。社長經常說啊，戀情是暫時的，不過是一時的病的心理。我也有同感。然而，度過了戀情的病的狀態後，並非只留下肉體。我在想著戀愛的時候，想起的是在上高地所看到的大正池和穗高的景色。如同大自然那樣的安靜清爽，人心也沒道理不安靜清爽，連棲居於人心的戀心，都不得不那樣的澄明美麗，這也許是女人心的感傷，但是，這是我的願望。我的夢想。我雖然不在現實中追逐夢想，但是希望如夢般前行。我並不輕蔑肉體或是肉體的遊戲。也不害怕玩弄肉體和捨棄肉體。但是，我追求那個代價。相對的，我也想要其他崇高的東西。女人的心靈，因為男人的心靈而崇高。如果能提升我的心靈的男性的話，即使委身我也無悔。」

「是嗎？這麼說，從妳剛剛的話聽來，我並不是能提升妳的心的男人吧。」

「不是的，我只是說，以至今為止的淺薄交流，還很難明白。」

安子皺著臉，嚴厲地看著我說。那也有激勵我的樣子。像是母性愛的一種變形，也就是給不良兒子的慰勞和激勵吧。於是我打蛇隨棍上，「那麼，也不是說完全沒希望吶。這樣想很好呢。」

安子不答。像是有點寂寞、陰沉的樣子。她是討厭玩笑吧。

「安子小姐，說要提升妳，事實上，我現在已經說出了一切。我不是很有手段的那種人，不是頭腦裡有很多學問的男人。完全就只是這樣的男人。如我先前說的，也就是，服事戀情和愛人，賭上全部服事的真心的人。那就是我。我的命。那能提升別人嗎？那能賤斥別人嗎？我是不知道的。只是，不會傷害別人倒是確實。那能不能提升，答案如果不是在實際嘗試之後，到底又在何時會出現呢？我賭上我的全部，一股腦地只想奉上服務妳的真心。請試試吧。如果不能滿意，原本我就是僕人，妳丟棄、撇開也好了。對妳的服事和尊敬，命令我得忍受被丟棄的悲切。」

安子不答。

「試試吧。請傾聽我哀切的希望。如果不是這樣，我就去死。不，是真的。在這裡，現在就乾脆地自殺。我不是在刁難妳。我是活得不耐煩了。像我這樣的蠢貨，再活也沒意思。因為很蠢，自覺到自己的蠢笨，是已經夠了。今天早上，我突然想到。這個戀情如果不成，趁此時，乾脆死了算了。這種覺悟般的心情，從四五年前就有了。真正有實行的心情，是今天才開始的。不過，本來比起死，讓您知道我深切的愛情，不知是多麼好的事。請您，務必容許我的哀願。」

安子再度不應。

我把右手放進胸口的口袋。握住某個東西。我暫時閉上眼睛。自然地垂下了頭。我的心清冷澄淨。空虛，廣闊，無一物。我想，就是這樣嗎？沒有任何感動，也不後悔。

接著我把手上握著的東西，用力插進了胸口。從心臟冒出的血流，染紅了胸口的襯衫。

我抬起快倒下的上半身，呆呆地看著安子。安子因為恐懼和驚愕而站不起來，就在她快朝我跑來的時候，我突然倒下了。

「三船先生，你太笨了。」

想要把我抱起來的她，很快在我的耳邊說，「振作點。我現在去叫醫生。你怎麼、怎麼像孩子一樣」，我抬起臉。同時也抬起身體，我盯著無言愣住的安子，接著靜靜握起安子的手，悠悠地親吻她的指甲。

「安子小姐，對不起。我只是想裝死。不過，有種像是死過一次的感覺。是裝進了橡膠氣球的紅墨水啦。」

安子用充滿感情的尖銳眼神瞪著我，但我安之若素。

「安子小姐，結果好像在愚弄妳一樣，但我不是那意思。我只是想知道我有多蠢。我想被輕蔑。妳知道那個意思嗎？我這一生是個小丑。我對這事有充分的自覺。在這個社會裡，自以為是小丑的虛無主義者到處都是。但他們果真是小丑嗎？是假的喔。大家的自尊心都很強，結果是像念咒一樣只是裝裝小丑而已。我，沒有自尊心。所以，是小丑，是僕人喔。我對尊敬的，心愛的人，會獻上全部服事的心意。就算被妳鄙視也無妨。即使如此我還是會奉上我的真心。被踐踏踹踢，還是一片赤誠，完全不會有一絲報復的意念。反正，就只是那樣的東西，我今早突然就想到一事。我突然想到要假裝自殺。實際上就算真死也行。真的，是這樣。我緊握著胸口的墨水袋時，不是想著要假死，那心情跟握著短刀沒兩樣。我想，好吧，去死吧。既不可笑，又不悲傷。完全，就是無意義。但是，安子小姐，這樣的愚蠢，這，就是毫無欺偽的我的樣子喔。就算是談戀愛，我會這樣把全部奉獻給戀情，這全部，這是我的全部。」

我握著安子的手，像傻瓜一樣崇敬地親吻。然後，我沒放開她的手，「完全搞不懂啊。今早我醒了以後，一想到我要向妳告白，忍不住就想到要這麼做。我就是這麼笨。」

完全就是那樣。但是，我這人平常，會想著反正都不行了，就會這麼做。也不是有什麼明確的算計。不知道是會出現蛇？還是什麼牛鬼神，總之我創造一個機會，接著看看情況，看出現什麼，就拚了命賭他一把。而且，比起不上不下地思考計算心理的邏輯，乾脆就澈底耍笨，把希望賭在偶然上還比較有趣。

這個賭注似乎比預期還成功。為什麼呢？因為安子的手被我握著，愣住了。世上的事很難懂。後來，安子對我說過，那時好像變笨了。總之，僅僅是這樣，好像就感動了。我不知道能不能相信這個愚蠢的成功。但是比起去相信，好，那反正都要笨就順便了，是一種竊盜被發現轉而行搶的心情。

那時我靠了過去，輕輕抱著安子的肩膀，靜靜地親吻她。安子愣著，睜著迷矇的雙眼，任我為所欲為。

我款款地說著，「安子小姐。我的靈魂獻給妳，是奴隸的赤誠。但是，是完全毫無邪念，純粹的真心喔。我愛妳，尊敬妳、無上虔敬般戀慕著妳。」慢慢地緊緊抱住了她。

××××××

在某種意義上，得償所願很空虛。但是，我不那麼說。我說是真心的萌發之日。我所愛的人，如此令人憐愛。那指的是，甚至比我更加惹人憐愛。不，我可以明確斷定，比我還惹人憐愛。

尤其安子真是可愛。如同在上高地所見的大正池穗高的澄明風景，人的心，人的戀情應該也澄淨明亮。那凜然的話語，在我耳中如同美麗的音樂，我的心因此而澄明，並且廣闊溫暖。

從我這樣的傻蛋的身上看出什麼樣的高貴，並想有所提升。那是安子拚了命的希冀。僕人的我的真心，除了切實祈禱自己的提升以外別無他法。但這樣也是無益的。我畢竟並不高貴。

梨花開了。對我來說，看起來並不特別美。這種東西，在我想來，是能變成那種能吃的梨子吧。

我就是個話癆。對著別人，不講點什麼就像是壞事一樣，是個幫閒的性子，但是幽會後回程的散步道，講什麼都煩，像是在生氣一樣安靜無聲。因為我的心一點也不空虛。只是充滿無限愛憐，又悲切。

我和金龍那種女人一起的時候，敬佩她像惡棍般的薄情，覺得真是比我厲害太多了。安子雖然沒有她那種炫目的特技，她那種理所當然，理所當然的高貴、凜然，讓我的心軟化，還有那種好像什麼都沒有之中，和金龍異質的，但還更顯眼的什麼，緊緊抓住我的心。那是叫做氣質嗎？我對自己的低劣和愚蠢，感到膚淺而難受。

我自己是太任性了吧。自己是卑賤的笨蛋，我是這樣嬌慣自己了。但是，我也並沒接受這件事。

我想過乾脆把跟衣子的事告訴安子。不是為了要依賴安子。也不是靠這種事來提高自己。只是感覺不得不做點什麼，因為我被壓制了，就是這樣。

我不得不獻上點什麼。我每個晚上去衣子那裡的時候，不忘帶上昂貴的禮物。那也是奉獻。因為衣子會因為那種事開心。可是，對安子，我不知道要獻上什麼。最後我連在回程的路上，都不知道要獻上何種話語。

白天和安子見面，晚上拜訪衣子。三天的慰勞旅行結束後，大浦博士也回來了。

那天傍晚，我裝傻到東京車站迎接一行人，嘴上說著「啊，我因為生意上的事，無法去旅行，真是太遺憾，我讓安子也留下來幫忙了，搜查進行得如何了呢？有線索了嗎？」醫生繃著一張臉，也不回話。

因為大浦博士完全沒把我看著眼裡，也萬萬想不到我跟衣子的事。

他沒回自己家，就從車站直接去衣子那兒。大概想著至少要去收拾和衣子的感情，但在這裡，又遇上預料之外的痛擊。

意外的，衣子睜大了眼明確地說要跟他斷絕關係。當面怒罵他侵占財產、結婚詐欺、兄弟共謀等等。不論他如何辯解或哀求，都不願接受。

「我是澈底明白你肚子裡打的主意了。怎麼可能再被騙。說什麼通貨膨脹生活困難，大名鼎鼎的學者，卻比市井無賴更卑劣，還真能做出那種事呢。醫院的出診，也請您不用來了。」

這麼說，是完全切斷關係了。大浦博士的出診，是這間醫院的招牌，衣子之所以不能斬斷跟博士的孽緣，箇中也是因為有這一層利害關係。博士看透了這點，知道這和她的欲望纏結在一起，一直小看了她。想著就算對方不高興，再怎麼樣也不會拆了醫院招牌。所以被這麼說可是嚇了一跳。就博士來看，正因為大學教授拿通貨膨脹沒辦法，被衣子解雇，就糧道都被威脅了。

博士暫時先退下陣了，但總想著對方雖然那麼說，自己也是醫院的重要招牌，對方不可能不妥協，可是打了電話，試了幾次，幾天過了，形勢看來沒有轉寰餘地。

實在沒辦法，他來找我了，「那間醫院，我不做就要倒了吧。她就算現在後悔了，以那個生氣的勢頭，大概心裡也是騎虎難下，三船，你去跟她說請她別固執了，讓她安心吧。」

「是嗎？我是可以去傳達醫生您的意思，可是，其實呢，衣子夫人也拜託我了。」

「什麼嘛。所以說，她請你把我找回醫院嗎？」

「不是的。其實是拜託我去找 A 大學的久保博士。那位醫生是當今天下與先生您並駕齊驅的知名醫學名家，是名醫，我五天前去拜託了他，事情終於底定，今天應該已經出診了。要說服這位醫生，真是辛苦我了。」

大浦博士驚愕無比，臉色都變了，聽了我的話，鉛色的眼珠緊盯著我，「你接受那個請託，她卻沒說要請我回去嗎？」

「那事啊，我是很盡責地說了。可是衣子夫子不理會。她氣極了，連我都被罵了。」

博士眼中飽含了怨恨的光芒，「久保那個男人，是天下知名的色魔喔。」像是要吞掉我一樣的怒氣。我也忍不住了，「是嗎？可是，這間醫院裡，大小姐已經被不知哪裡來的色魔蠱惑離家出走了，此外，不也有其他色魔嗎？」

博士咬著嘴，緊緊瞪著我，走了，但過了不久，安子進來了，說因為大浦醫生邀約，要出去三十分鐘左右就離開了。他幾乎每天照例邀約安子。平常就算來約安子，也不一定會到我的辦公室露臉。

我的心中，總是因為嫉妒而苦惱。

為了不在安子跟前表現出嫉妒的神色，我異常地努力。結果我的眼神，一天比一天更混濁，帶著噁心的光芒。

我也開始常常做些詭異的事。在路上走的時候，某間房子有梯子，修屋頂的人在頂樓工作。剛好在我經過的時候，修屋頂的人走向屋頂對側，慢慢消失不見。我會突然抓住梯子，把它放倒在地上，接頭也不回地走掉。

又有一次，有個要去買東西、騎腳踏車的男人，不知道掉了鋼筆正要騎走的時候，我叫住他，撿起鋼筆還他。結果男人要把鋼筆放進胸口口袋，他一隻手拿著買的東西，只用一隻手磨蹭著很費勁的樣子。從夾克口袋裡，露出頗大的一半皮包，我馬上偷拿了走掉。差不多有一萬元。

只有在關於安子的時候，我怎麼樣都不覺得我能贏大浦博士。我的心總是輸的，光是滿滿的嫉妒而已。

我在想，我到底是什麼東西。我賺了能花天酒地也用不完的錢。大浦博士也許連跟安子喝茶的錢也沒著落。我知道了大浦博士不曾碰觸的安子的肉體。可是，在其他地方，我只是一無可取的人。大浦博士是名醫，是教授，是學者。有翩然的風采，擁有廣博的興趣，洗練的禮節。

為何我是如此善妒。我討厭吃醋。但我總是因嫉妒而狂亂。

我邀了安子。她說今晚不行。說和大浦博士有約。又說和其他的誰有約。又說今天家裡有事。就算一起吃晚餐，也是只吃了晚餐就回去了。

安子明確地凝視我，回答了。那不是說謊，不是那樣，到此都是真的，我看起來是那樣沒錯。而接下來，我不能再多問了。

「安子小姐，你想談戀愛嗎？」

「嗯」

她清楚的回答。

「跟什麼樣的人？」

「最偉大的人，了不起的人。」

「妳喜歡名人嗎？」

「名人，也就是有才能的人吧。女人喜歡有名的啊。想要擁有被所有人喜歡的人啊。」

「好像是在拐彎抹角罵人吶。」

這種時候，安子不會回應。

「我的心總是在變的。我很想知道，有沒有能束縛我善變的心的鎖鍊般，巨大的力量。我是想要那種東西的。」

我從安子的眼裡看不到善變的光。但我確實相信，也許她比誰都善變。

安子在舞廳的喧囂中，也和平常一般泰然自若。對其他無數瘋狂舞動的戀人們，她一眼也不瞧。並非她對那種事毫不在意，她已經看定了那種情感的最高極限，為此，也做好不論何時都可投身的準備。

安子明白說了，「今天帶我出去過夜。」正因為她的眼睛裡沒有色情的陰翳，我就被安子無限的色情，善變之心征服了。

安子在我看來是個妖婦。我開始認為，她才是真正的妖婦。

××××××

失蹤的兩人盤纏用盡回來了。

美代子無法回我家，先來我的公司找安子，但她一看到安子就虛脫昏倒了。她發著高燒。更嚴重的是，因為腹部的痛苦，她不住地呻吟掙扎。

被送進了家裡的醫院。是淋病。

兩個人沒去溫泉，是到種則認識的人的醫院病房，以住院的形式暫住。種則經常外宿，他把美代子帶的東西賣掉，自己跟舞者玩樂。兩人總是爭吵，但因為是離家出走，美代子只能依靠種則。在種則夜不歸營時，美代子被種則認識的醫生侵犯了。因為暫住病房的關係，種則裝作不知道。而且可以不用付醫院的住住費，不如說他還開心了。錢用完了以後，他本來命令美代子再回家拿一些能換錢的東西給他，但因為美代子生病了，所以被趕了回去。

他們暫住的醫院，到種則那裡催他還住宿費。種則付不出錢，所以讓醫院把信轉給美代子，要她付錢，說是因為美代子和院長發生了關係，住宿費的處理應該由美代子負責。餐費也包括在裡面，金額總計兩萬七千元。

美代子還在病床上。雖然對家人隱瞞了信件的事，但醫院來催款，事跡也就暴露了。

衣子叫我去大浦家解決這事，命令很嚴峻，說如果可以，我們也可以去打官司要撫慰金。

於是我拜訪大浦家，「你們兄弟還真是窮酸的壞傢伙啊。把住宿費推給小女孩這種事！小氣也還好，但你是不是太寒酸了？首先，是打草驚蛇喔。如果我們打官司要你付撫慰費，那會怎麼樣？」

種則泰然地苦笑，「你難道是在搞仙人跳嗎？我付錢的責任在哪啊？美代子瞞著我和院長好上了喔。我是被背叛的。如果要請求撫慰金，你可以去找那家醫院院長啊。讓他跟住宿費一筆勾銷吧。請回吧。用這種奇怪的方法要錢，是沒好處的喔。」說完像小流氓一樣嘿嘿地笑著。我簡直氣炸了。

「好。你別忘了現在說的話。」

我直接到了兩人住過的醫院，跟院長見面，「醫生，我是富田醫院來的人，大浦種則這位醫生，說這間醫院的住院費二萬七千圓美代子有支付義務。不管你們的關係如何，我不覺得美代子這方有支付的責任，所以來傳達這方的意思。請你向大浦種則提住宿費的要求。」

院長臉色不變，像是有點苦澀地皺眉，「什麼，關係？在說什麼呢。不是像潘潘那種妓女嗎。我還被傳染了淋病，完全是受害者。我這一方，總之誰都好，只要拿到住宿費就行。」

我氣得不得了，回去報告，「怎麼會有那種壞蛋。我們也不能善罷甘休。這件事，已經只能告他們拿撫慰金了。」

結果衣子臉色變了，「三船說什麼呢。你是想讓美代子的恥辱暴露在社會大眾的面前嗎？」

「沒那麼蠢的。但是，我們被小看行嗎？種則說我們仙人跳，院長說美代子是潘潘，那種拿蹺的說法。跟他們要撫慰金，不是之前您說的嗎？」

衣子定定地瞪著我，「我是說，以我們的立場是能跟對方要撫慰金的，可是我什麼時候真的說過要去要撫慰金了？三船，你太任意妄為了喔。而且，你做的事太卑鄙了。你的交涉是怎麼回事？讓對方說出仙人跳說出潘潘這類話就回來了，這不是你的責任嗎？說的像是自己一定會交涉成功，卻為了洩憤，為了復仇竟然想公開美代子的恥辱，你不是太任性妄為太卑鄙了嗎？」

因為太過憤怒，我忍不住叫了出來，「卑鄙指的是什麼呢？」

衣子還是涼涼的，眼睛一翻，投給我最冷淡的一瞥。其中燃燒著憤怒與憎惡的火焰。

「三船，卑劣，指的就是你這個人，完完全全，就是卑劣。當然在有道理的交涉時，會被說是什麼仙人跳也是因為你的人品，是你的性格問題，你就是會仙人跳那類的人，大概也是像是在用仙人跳那種方式談吧。你不丟臉嗎？我們家的名譽又如何呢。而且，說美代子是潘潘之類的妓女，那樣無禮的說法，就因為交涉對象是你，正因為你的下流、粗野、缺乏教養、不知禮儀、卑鄙，所以才會被那樣說的。像我們家美代子會被侮辱成潘潘，也是你的錯，因為你人格的卑劣，我們家的女孩被說成潘潘！」

衣子面無血色，眼睛上吊，激動得聲音都尖了，她住嘴了，但我在盛怒之下血液彷彿倒流了，伴隨著激烈的疼痛太陽穴的青筋都腫脹了起來，眼前也黑了。

「說什麼我們家。我們家的女孩，真讓人發笑。難道不就是潘潘嗎？被大浦種則那種低能兒拐騙，離家出走，被拿走一堆值錢的東西以後，跟別的男人好上了，就是潘潘啊，如果不是生了病被趕出來，半年以後，一定墮落成潘潘，在哪裡的小巷站壁啦。」

「你請回，給我出去。不要再跨進我家大門。黑市鬼、詐欺師、賣假貨的，這種身分竟然想進來上流家庭，真不知分際，請回吧。離開這裡。」

是最後了。

裡面應該是有原因的，也就是久保博士的出現。女人肚腸的濁惡啊。就算男人殺人搶騙、雞鳴狗盜，也不會像女人一樣用這麼汙穢的方式背叛跟傷害人。女人最深處的醜惡。醜惡中最醜惡的東西。

我太不甘心了，哭都哭不出來。

這必定要一吐怨氣。我發誓。我一定要讓美代子墮落下海當潘潘。我要像玩弄潘潘一樣，玩弄美代子。

兩天後，去探望美代子的安子，說是被衣子囑託，拿了用手帕包好的我的假牙過來。

衣子的憎恨和嘲弄盡在於此了。為此，我在安子面前很羞慚。

「喂，安子小姐，人的憤怒，實在是不得了喔。我動怒了。接著大叫了。可是，說是大叫，也不是發出了唱歌一樣那麼大聲的聲量，只是聲音稍微高一點而已，也沒有特別激動，連手都沒抬。可是，怎麼了。我一大叫，假牙就噴出去了。跟叫聲一起，飛了出去，消失無蹤了。這聽起來像假的，可是千真萬確，不可思議吧。人類的怒氣，也就是說，氣魄這種東西裡，有像電的動力般的運動力吧。」

安子的臉上有溫暖的笑意，之前幾乎沒出現過的。接下來有一會兒，我像被什麼溫暖的東西所擁抱的樣子，「這假牙，醫院的太太交給我的時候，是被髒毛巾包住的，是用髒毛巾撿起來以後直接交給我的。」

原來如此，她並不是直接把假牙交還給我而已。

安子笑容中的暖意，對比於衣子醜怪的恨意，是表現出對我的安慰吧。安子從未對我這麼溫暖過。我已經忘卻了憤怒與羞恥。

「這麼說，是妳，用手帕包好給我的。也太幸福了。」

我按住了手帕。結果胸口一緊，淚水突然湧出。我拿起按住的手帕壓住眼角想掩飾，但淚水總是不停，我把臉靠著膝蓋，無法再起身。

××××××

我引誘美代子，是那之後的兩個月的事。

我用安子的名義把美代子叫出來，帶她到會費制的舞廳，跟她說安子馬上會來，讓她喝酒跳舞灌醉了她，又說之後約好要吃飯，安子大概是在那邊等吧，又把她帶到酒店讓她喝到爛醉，接著把不醒人事的美代子帶到賓館，在跟衣子睡過的房間，我逞了向來的心願。

我這個人是如何的白痴，大家早就都知道了。

我明明知道結果的恐怖，但像是出於本能般被引誘，已經完事了。對安子，我焦灼地熱戀、嚮往、崇敬、顛狂。我卻假冒了她的名字，把安子愛護的少女帶出去施暴。安子會生氣、蔑視、會拋棄我吧。

在被安子拋棄的不安下，我日日夜夜煩惱著、瘋狂著。比起那種不安和恐怖，美代子根本算不上什麼。也不是特別有魅力，要說是要對衣子復仇的誓言，事到如今，也不算什麼了。

可是，我想到了。熱心地計畫著。我緊張著，厚著臉皮，而連自己都漸漸知道眼中散發著黑鉛色的光。綿密地，迅速地，著實地，我已經在進行了。

愚蠢。愚蠢。愚蠢。啊！愚蠢。蠢東西啊。

一切都已經破滅了。

我怎麼會有再見到安子的勇氣呢。

我想，至少和美代子來個最後的悲情之旅。

美代子簡直是白痴。即使憤怒、咀咒、輕蔑，她也不得不跟著我。太懼怕一而再再而三的犯錯，她已經失去了回家的力氣。

我的心中，雖然已經失去憤怒或復仇的情緒，可是看著憎恨輕蔑我卻不得不跟著我的美代子，想起衣子，想起那女人最深處的醜惡，我只能閉上眼、摀住耳朵，覺得想吐。

然而我並未輕待美代子。不管她是如何的令人憎恨和輕蔑，我還是安慰她，就像貴重的行李般珍惜對待。對我來說，她還是很可人的，讓人疼惜的東西。

「好的，來這裡，頭髮亂了喔。」

美代子蹲著，像是要刺人般的睥睨著我。

「好嘛好嘛，那我過去。」我站起來，到美代子的身旁，幫她把頭髮梳順。美代子眼神不變，一動也不動，直直地盯著我剛離開的空白。可是，任我為所欲為。

我們去了雪國。往年還未降雪的季節，今年很特別，已經積了數尺的雪。

我那時雖然想著死了也無所謂，但也不特別想死。我是害怕安子，但並不恐懼罪的制裁。

因為誘拐罪被捕被判刑，倒不會讓我驚慌，我並不是虛無主義者也不是浪漫派。像我這種人，我認為，有錢能使鬼推磨。金錢萬能，有錢總有辦法，也有命。從牢裡出來的的時候，我工作上的人脈還在，如果還有能賺錢的門路就好了。可是，公司能不能挺到那時候？想到公司如果倒閉，我還是有點悚然心驚。在一絲的恐怖下閉上了眼。因為我覺得到時就不得不死了。沒有錢，也就沒有命了。可是，想到那時有那時的命，我安心睜開了眼。

我收著安子拿來包假牙的手帕，珍惜地放在胸口口袋裡。常常拿出來，沉浸在悲切的思慕裡。

並不是特別有魅力的肉體。要說是哪裡吸引我，認真想來，是無法掌握的，平凡的安子。到底是什麼緊緊抓住了我的心，如此讓我深切地沉醉，我已經沒有思考的能力了。

我不堪思慕之切，果斷決定要去見安子。因為親眼看著安子的怒氣和憎惡該有多痛苦，而一眼也見不到安子的恐懼的苦楚就有多悲傷。

我們回到東京，我打了電話給安子。

安子出現時，我頭都抬不起來。

美代子依偎著安子哭泣。我也不看她們。在一開始的目光接觸，臉別過去以後，我終究沒辦法抬起臉，甚至連身體朝向她都做不到。

我低著頭走近安子，拿出胸口口袋裡的手帕給她，

「我把美代子小姐和這條手帕還給妳。抱歉。不管是憎恨或輕蔑，我全部接受。請妳走吧。」

安子靠近我，轉到了我的正面。隨著她的動作我把身子別開。安子追著我，儘管她一再試圖轉到我正面，還是放棄，停步了。

「我把美代子帶回家，馬上就過來。請你在這裡等著。」

安子和美代子走了。不久安子一個人回來了。

安子又繞到我的正面。用兩手按住想轉身的我的肩膀。

「三船先生，請抬起頭看著我。我沒生氣。我也沒討厭你。沒輕視你，好了，請看著我的眼睛。」

我還是抬不起頭。

安子的手放開了我的肩膀，輕輕碰了我的額頭。那手，抬起了我的臉。

安子貼近我看著，她不是正嫣然微笑嗎？然而我如何能為此而喜悅？我能說什麼？我縮成一團，茫然自失。甚至也沒有悲傷。痛苦的盡頭的空虛，就是全部了。

「三船先生，現在我相信我能愛你了。以前不是這樣的。也是多少感到對你的輕蔑，也是多少感到你這人的汙穢。但現在不是了。我甚至抱持著敬意。我從你這裡，明白了人之子罪惡的悲切。我學到罪惡中的清純。你只是虛弱的人而已。但你是清澈的人。我曾經和你說過吧。如同在上高地看到的大正池和穗高的澄明姿態，人類的身姿不可能如自然般澄明。三船先生，現在我並不在自己的身上，而是在你的身姿中，感受到了上高地澄明的自然。我相信我的感覺是正確的。我會永遠等你。請現在就去自首，我等你回來。」

安子嫣然的微笑中，散發出了如花般的巨大光芒。安子的唇溫暖地接近我，安子的手腕安靜而有力地靠在我的頸項上。

大概一小時半以後，我到了警察局。在玄關前，和安子道別。在那之後，和安子連一句話也沒說。沒什麼好說的。連道別的招呼都沒有。我並未回頭。

過了一會，我在偵訊室拜託警察，「請讓我睡一下。一小時就好。啊，累壞了。如果我說了夢話，請幫我記下來。能知道自己想說的事就好了。」

我躺了下來，終於泛出了薄薄的眼淚。

編按1——幫閒，意指跟在有錢少爺身邊陪玩的食客。

譯註2——良波歌留多牌卡，日本的傳統牌卡遊戲，內容主要是百人一首等詩歌，由一人念出首句，玩家找出對應的牌法。

譯註3——河內山，歌舞伎狂言的劇目。

行雲流水

行雲
流水

04 行雲流水

行雲流水

「和尚，不好了！」

一邊這麼喊著，寺廟對門賣醬菜的老闆娘邊跑了進來。

「什麼不好了？」

「我家吾吉那傢伙迷上女人了。那女人，不就是在廟後面被打了屁股的潘潘[1]嗎。真是太丟臉了。我吶，也是想讓吾吉那傢伙好好地被打一頓屁股吶。我是想來拜託和尚，可不可以好好地說說那傢伙？」

「那女人的話應該沒什麼壞事啦。技術很好，又性感，頭腦似乎有點不夠好，可是很有趣，不會膩的。」

「別這樣嘛。我啊，不管怎樣就是很討厭潘潘啦。」

「人家是生活不下去，那沒辦法。潘潘，跟以前的『遊女[2]』也沒兩樣的。」

跟吾吉那種的剛剛好一對啊。」

「請不要跟我們家老公宿六說一樣的話啊。男人啊，為什麼是這樣啊。女人一定要身子乾乾淨淨才行。我家宿六那傢伙也說潘潘也好啊，就過不下去，也沒辦法呢，那人太可惡了，都幾歲了，一定是想要去買春。記住了。和尚您也是那樣吧。真是的，我可是嚇到說不出話了。」

「所以來拜託老納也是沒用。如果是我的話，一定會說那這讓兩個在一起吧，你就這樣想吧。罪過啊。」

「什麼罪過啊。也差不多一點。蠢蛋啊。可是，我拜託您喔。我把吾吉那傢伙帶過來，您把他帶到本堂之類的，在佛祖面前好好地教訓他一頓。」

事情就是這麼一回事，於是和尚和吾吉談了起來。

「你，和後面那女孩上床了吧？」

「是，對不起。」

「約好成親了嗎？」

「沒有。因為女人說不要，我都快發瘋了。我花在那女人身上的，光是錢，就已經有三十萬了。想說乾脆砍了那個女人，讓她死好了。」

「喂喂，在說什麼恐怖的事啊。哈哈。不過，你是用錢買了女人啊。」

「是的，雖說是被打屁股的潘潘，但那麼可愛，那麼楚楚可憐的女孩，只要出錢，就可以變成自己的女人，花了錢以後，果然很棒啊。不過，知道那回事以後就發現她很冷淡，我是有情意，這麼上火。欸嘿。真是抱歉。好像纏住我的頭，讓我都廢寢忘食了。我有個請求，望您體察，請用上無上佛力，為我們作媒。」

「說是真會說。冷淡什麼的，有情什麼的。原來如此。那就請神求佛，來幫忙成事吧。」

這是一位悠哉的和尚，他熱中於製作濁酒和將棋，把念經的時間濃縮到四分之一左右，很有名，在街區裡照顧人，因為很親切，十分受歡迎。

寺廟後面被打屁股的潘潘是工匠的女兒，名字叫園子。戰爭後，父親得了肺病臥床不起，園子做職員賺錢，但是光一個女人養不起生病的父親和弟妹。不知何時，就當起了潘潘。在外面做還好，有時候，也會把男人帶到家裡。終究父親忍受不了，把園子叫來，推倒她打了屁股，用力地打，打到吐血、力竭，當場死了。園子把老爸氣死了。

那驚人的怒氣，也許顯現在生命終局的激昂，連附近的人都跑來看熱鬧。在嚇呆了的人們的眼前，他用盡全力打著園子的屁股後嚥氣了。

在守靈席間，有見識的和尚說「病人歇斯底里了」，維護了園子。

「沒有別的可以表現感謝的方法，所以就打屁股了嘛。人類就是這樣。成佛的他是在感謝喔。」

誰都沒說話。

「這個啊，妳的屁股是很可愛的屁股喔。延長了老爸的壽命，賺了藥費的好屁股。沒什麼好羞恥的。」

真的是很可愛的好屁股。雖然個子小，也太瘦，但是胸部和屁股有剛剛好的肉感，光看就能撩起情欲。和尚的樣子，看起來好像飽含了快摸上園子屁股的感動的情愛，人們都因為這種妖異而不知所措了。

和尚在吾吉的拜託下前去拜訪園子，雖然弟妹都去上學了，家裡有一雙男鞋，像是有誰躲在櫃子裡。

「這位請出來吧，應該不是鼠類吧。不用躲啦。人躲著的話，都不能盡情講話。老爸打屁股氣死以後，男人來玩樂過夜也不是不可思議的事。」

園子低著頭。和尚站了起來，一打開櫃子，年輕男人縮著身體坐在裡面，這人也垂著頭。但也看破了，爬了出來。

「嗯，坐在那邊吧。打擾了你們的好事，真失禮了。」

和尚不拘小節。

「其實呢，我被賣醬菜那家的少爺拜託，他好像真的迷上妳了。說妳肯的話，想跟妳結婚，妳方便嗎？」

「我不方便。」

「話說得也太明白了，妳有什麼不方便的？」

「我已經被父親狠打了屁股，因為這樣，父親壽命都縮水了，我就偏偏要當一輩子的潘潘。我會一直做下去。」

「這真是我近期聽到的勇壯事蹟啊。武士會對額頭上的傷口感到羞恥；在中國，有種叫做『面子』的說法。我以前就聽說過所謂的面子上不來，不過當今的女流竟然用屁股在意面子嗎？」

「我可不知道那種事，但不得不養弟弟妹妹，不能不做生意。加上附近的人一口一個潘潘的叫，直直瞪著人家的臉，我可沒辦法嫁到那些壞心人的家裡去。」

「那倒說得是。不過，不想跟吾吉結婚，不是因為吾吉不好，是妳的意氣用事嘛。」

「不是的。我也討厭吾吉。如果我喜歡的話，我會免費跟他玩的。就是討厭他，所以才跟他要零用錢要他買東西給我啊。那個人啊，說什麼我在妳身上花了三十萬了所以要我跟他結婚，那說法很討人厭。」

「是這樣啊，妳說的都很有道理。就算嫁到醬菜店家裡，只會讓妳們家人不幸，對他們也是大大的不幸吧。貧僧全明白了，妳就好好當潘潘吧。」
和尚回去以後，跟吾吉宣判了結果。
「可惡，那女人那樣說嗎？我饒不過她。」
「不行啊，你臉色都變了，事情不能成的。那女孩被打了屁股，狠勁都上來了，跟你這種人想的完全不一樣。你就乾脆點放棄吧」
「嘿嘿。我最討厭做不到的事，總覺得有點奇怪。那傢伙。我就算不砍了她，至少要也剃光她的頭髮。」
好像結下深仇大恨了。和尚也擔心起來，見了園子，告訴她吾吉的狀況，讓她最好當心點，她說著，「好的，謝謝您。接下來出差的男人要帶我去玩個三星期，剛剛好呀。三個星期過後，那人的心情大概也平靜下來了吧。就因為他老是這麼任性，我才討厭他啊。」
她給了弟弟看家的錢，就這樣消失無蹤了。
佛門有「行雲流水」一詞，像園子這樣，正是深諳行雲流水的境界，和尚佩服不已。大抵「雲水」這個詞彙，只是極不透澈的精神、或是將袈裟裹在肉體上，徘徊於各處的人們，園子的情況，沒有那種不明快。徹頭徹尾都是清晰明澈，簡單說來，就是屁股這樣的東西，行雲流水於天下而已。真正不得不說很明快。沒有任何祖師能一喝[3]的空隙。

園子才十八歲。一般情況下，還只是女學生，是尚在發育的小女孩。她的姿態中，還殘存了很多未成熟的影子，但乳房和屁股漲了起來，突然間充滿精氣，彈性飽滿。那個屁股行雲流水地周遊各方嗎？和尚也稍微感到妒意了。都這把年紀了，還沒到一喝的階段。和尚的話，有必要吃個三十棒。

「當今之世，久米的仙人之類，一定也常常嚇得眼珠子轉來轉去吧。我還可以努力看看的。」和尚只能聊自寬慰。

然而，過了三四天，吾吉行蹤不明。就知道他拿了公司的五十萬捲款潛逃了。一查，才知道那之前也用掉了五十萬。那錢是獻給了園子。

「真是沒辦法，和尚啊，那個讓人驚呆的蠢才。說被園子拿走了三十萬的夢話，這傢伙，是在幹什麼呢。真的是，沒發現把錢都給了小偷。最後還手牽手逃亡了啊。愚蠢的傢伙。」

「吾吉是自暴自棄了。不過不是跟園子一起。那女孩應該沒理會吾吉了。」

「嘿，您是這樣說。他是講得好像開悟了什麼。這個沒良心的。但是啊，和尚，我是要怎麼辦啊。」

「當事人不知道跑哪去了，在這裡生氣也沒用。妳也是女人啊，就因為妳老是嘴巴說著潘潘的，思慮不周，才沒養出好孩子。」

「欸，那可真抱歉啊。禿頭和尚！自以為什麼啊。可是和尚啊，請幫我占個八卦之類的。找到以後，抓住那傢伙的領子，幫我狠踢他一頓。」

醬菜店的老闆娘，雖說是要狠踢一頓，用奇異的語言表現出威嚇的態度，不過被叫去了警局。報社記者湧了上來，她氣極了。

但是，那之後十天左右，花光了五十萬日圓的吾吉，在相模湖的山林中上吊死了。聽說偷走的錢多半賭光了。

××××××

「和尚，不好意思，那傢伙好像不能超生，能不能請您念個經讓他明白明白。每到半夜，他的骨灰罈就嘎嘎作響，吵死了。」

「妳多心了啦。妳也變得神經衰弱了吧。我本來以為只有老闆娘妳不會得這種病，這個社會會發生什麼事真是很難預測。」

「不要嘲笑我喔。那個蠢蛋上吊死了，我也不會神經衰弱好嗎。因為和尚縮短了經文，才不能超渡那傢伙的。」

「最近我記性不太好。經文這類東西，是越短越有味道的。我有空時會把經文拿出來念，慢慢地跟亡魂談談，可以吧？」

醬菜店的老闆娘大喊「開什麼玩笑啊，沒良心的」，氣沖沖回去了，可是，才過了一小時左右，又一臉不能釋懷的表情回來了。

「和尚。我驚訝到話都說不清楚了。可是幽靈真的出來了喔。」

「真稀奇吶。他說了什麼嗎？」

「不是那樣的。骨灰罈嘎啦嘎啦做響，很奇怪吧？我就想莫非是老鼠，打開骨灰罈檢查，鋪到報紙上看看，也沒什麼特別的。那時候，我不經意地想說要拿起牙齒來。那傢伙的門牙上，寫著數字。是「三十」。我的話是讀不懂英文所以不知道，宿六那傢伙會讀英文，很自以為是，可是是三十。這可不是很驚人嗎？那傢伙，忘不了被潘潘捲走三十萬的怨恨。」

「在哪？給我看看那顆牙。」

一看，原來如此，有個咖啡色圖案的地方。也不是不能看成三十，但也不是清清楚楚寫著三十。不是生前雕刻在牙齒上的數字，倒像用隱形墨水火烤後現出的字樣。熱愛下將棋的和尚也有偵探的興趣，膝蓋都向前靠了，表示出強烈興趣。

「嗯，好。那貧僧就來調查調查。老闆娘也一起來吧。」

和尚去找了認識的牙科醫生。牙科醫生，拿著那顆牙翻來覆去的看。

「好像不太清楚吶。我沒治療過死人的牙齒，所以也是不好說，這只是單純的偶然，不是特別的東西吧。」

「這位故人是上吊自殺的，他如果在死前把隱形墨水寫在牙齒上，燒成骨頭以後，會變成這樣嗎？」

「這樣啊，會怎樣呢。我沒聽過有人把隱形墨水寫在牙齒上，但是口腔裡一般是溼潤的，就算是用隱形墨水寫字也會消失不見吧。這是什麼偶然呢？我沒看過燒成骨頭以後的牙齒，如果仔細看看，或許這種例子很多吶。」

「可是，隱形墨水這個手段有可能嗎？」

「和尚，這個想法太蠢了吧。又不是小孩了，頭都光了的老人家，說什麼隱形墨水隱形墨水的，是在說什麼呢。吾吉那個蠢笨的恨意結晶到這裡了吧。就是縮短了經文才會發生這種事吧。拿骨灰罈來亂，太奇怪了啦。」

「好的好的。那麼，骨灰罈就先寄放在我這裡吧。我把它放在本堂，讀個三七二十一天，好好為他念經吧。」

和尚沒輒，只好把骨灰罈收回去。不這麼做就不能出去念經了。只要把它收在本堂，放著不管也沒人知道。

那時候，園子從行雲流水的遊程回來了，和尚把她叫到本堂。

「其實呢，妳不在的時候吾吉上吊死了喔。」

「這樣啊，被死神附身了吧。那種男人很多啊。」

「醬菜店的老闆娘氣壞了。」

「她還沒來找過我，事到如今，能怎樣呢？」

「也是啦，可是她對吾吉在妳身上花了三十萬耿耿於懷啊。骨灰罈一到深夜就嘎噠亂叫。因為很奇怪，打開一查，門牙上浮出了三十的字樣，說是吾吉因為三十萬心懷怨恨。那邊是吾吉的骨頭，妳給他拜一拜吧，也是給故人的迴向。」

「我不要。拜什麼拜。」

園子生氣了。

「如果他乖乖去死，我是可以拜他，他可是留下了對我的恨意去死的，也太小氣了吧。這樣的話，我也得恨他才行。我從被父親打屁股以來，就感覺全世界都是敵人，吾吉的鬼魂，根本不算什麼。」
「真是剛烈的女孩啊。我不知道妳是這麼厲害的女孩。」
和尚把骨灰罈拿了過來，在中間找來找去，拿出了門牙。
「這個，就這個。這上面有『三十』吧。貧僧是覺得他是太懊惱了所以在臨上吊前用隱形墨水在門牙動了這個機關，不過醬菜店的老闆娘說是陰魂不散，在牙齒上寫了字。那種傻蛋怨念很深，也不知道死了以後會做出什麼事。因為我刪減了經文，那傢伙不太高興吶。」
園子拿起了牙齒，看了一下，完全沒有害怕的模樣。
「好啊。我會恨著你的，你可以記住了。不只是你一個人，以後也還會有很多人變成這樣吧。」
園子臉上浮出了大膽的輕笑，把門牙丟回骨灰罈裡。
「太勇敢了。妳有喜歡的人嗎？」
「管太多了。」

「可能是管太多了，但請妳告訴我。因為我不懂現代女性，所以要仰賴妳的指導。我也是換了三個老婆，以前也常常去一些地方玩，但我不懂現代的女性。」

「打著我的屁股死去，也太卑鄙了。吾吉也一樣卑鄙。我認為男人都很卑鄙。對男人，我只心懷憎恨。所有男人看起來都只是蠢。」

「原來如此。是那樣啊。妳這麼一說，對，男人是蠢蛋。打草驚蛇說的就是這回事。不過呢，吾吉曾說過要砍了妳，可是沒做到，又說至少要剃了妳的頭，很憎恨妳，所以妳最好小心點。亡靈很能等的。做了和尚，就明白這些事。大概不會作祟到三代以後，可是只有一代的話，應該會很有耐心等機會下手喔。」

園子臉上只浮現了薄薄的笑意，也不回應，說了「再見」就走了。

和尚仔細地看了骨灰罈。園子說的男人都是蠢蛋，他很有感覺。

男人確實只是凡夫俗子。完全比不上園子屁股的行雲流水。水也不停駐，影也不駐足，那屁股，是醇然的屁股，所謂的明鏡止水，指的就是這個了。

乳臭未乾的孩子的香味還餘音繞梁，想及精氣飽滿、圓滾滾的可愛的乳房和屁股，和尚就走投無路了。釋迦佛陀說了謊。說到男人的開悟，簡直難以想像吧。

亡魂駐足於此，門牙上寫了怨恨的三十萬，每個夜晚在骨灰罈裡騷動的吾吉，也許是男人中的勇士。雖然做不到明鏡止水，可是就蠢蛋來說也幹得不錯了。和尚對骨灰罈，初次懷抱了親愛之情。可是因為忙著做濁酒，沒有為吾吉念經。

××××××

和尚造訪園子家時，躲到櫥子裡的男人，是和園子最投契的蠢蛋之一。他帶著園子一起去了三個星期的出差旅行，不過出差是亂編造的名目，捲了公家的款子，無頭蒼蠅般亂逃而已。也就是說，他跟吾吉處於相同的境遇。

回到東京，從園子那邊聽到了吾吉自殺和骨灰罈的事，他越來越羞愧。他自己，說到底，也來到了上吊前的一腳。

「吾吉和我不一樣吧。妳是愛著我的吧。」

男人擔心著，問了。

「吾吉和你不一樣啊，我喜歡你喔。」

男人沉思了，「是嗎？」

「可是，我如果坦白全部的話，妳應該會討厭我吧。」

「沒那種事，你是我第一個愛上的男人喔。所以吶，不要拋棄我喔。」

男人又沉思了。

「那麼，我就鼓起勇氣跟你說了，已經只能鼓起勇氣說出來了。今天我除了自殺以外已經沒別的辦法了。」

「是嗎？怎麼會那樣呢。」

「妳不懂的。我跟吾吉的處境一樣喔。妳知道嗎？出差什麼的是隨便說的。我用公司的錢到處逃竄。偷的錢已經用掉了。我沒有當強盜活下去的勇氣，除了死沒別的方法。旅行的時候，也找過可以死的地方，可是拖拖拉拉的，最後回到東京。只是不知道妳願不願意跟我一起死，對這件事很不安，所以活到了現在。」

「我嗎，如果你死了，我也活不下去了。」

園子從未這麼軟弱過。還只是十八歲的小女孩。到那時為止完全沒想過的死，突然籠罩住她。她突然覺得男人很可憐，又很可愛。

大概是跟吾吉處境的暗合吧。十八歲的年齡，也沒世故到可以接受命運，不如說園子像是要自己飛奔進命運的激動。

「像我這樣的人，如果不當潘潘也是活不下去。可是，除了潘潘以外，我沒有別的活路吶。你要死的話，我也去死。」

男人哭到崩潰。沒有辦法表現了，就是那麼苦惱。

園子心頭都緊了，要踏上死亡旅程時，反而充滿希望般來勁了。她留下男人，去髮結屋，讓人幫她做了「桃割[4]」的髮型。她曾經做夢想要至少做一次桃割的髮型，但沒實現過。

準備了很多大餐，和弟弟妹妹一起享受了最後一餐。園子怕頭髮會塌掉，拒絕了男人最後的求歡，頭不沾枕，坐著直至深夜。

「簡直就像是，比起我或是我們的愛情，桃割髮型還更重要嗎？」

男人恨恨地對園子說。

「會那麼說，是因為你缺乏愛情喔。其他的事情都忘掉，我們就只想死這件事吧。」

「是嗎？是了。妳一定是聖處女。」

男人後悔了，激動了起來，又哭了。接著兩人在凌晨天還墨黑的時候，吹著早晨的寒風，到了寺廟旁的鐵路上躺著。

「我不想要身體被撞成兩半很髒。」

所以，就像之前討論好的，身體到腳朝著土堤，只有脖子在鐵路軌道上。

園子害怕了起來，是在那個時候開始的。

「好冷，抱我。」

園子吻了男人。於是，像是站著的時候男人和女人接吻時一樣，巧妙地把頭往後退，不讓男人發覺，刻意將脖子位置往後縮了。接著，男人的臉，從上面將嘴唇壓了下來。

第一班列車來了，就是在那時候。園子別開了嘴唇，假裝枕在軌道上倒了下去，其實她的頭離開了軌道，只有桃割靠在軌道上。

「後面的鐵軌上有人自殺，請幫忙念個經。」和尚被小區裡的人叫醒，跑到鐵軌看。

死的是男人。脖子被截斷得很乾淨，身體被切斷的位置，乾乾淨淨的。只有頭滾到了十間左右的地方，像是斬首示眾的頭部，在枕木上站得穩穩的。大大的眼珠凸了出來。還像是要為輾了自己的火車送行一般，直直瞪著火車的去處。一絲不亂。

「真有禮貌。這個自殺者，好像是跟撞了自己的火車招呼說『辛苦您了』。或許是有幹勁的年輕武士喔。」

「這是！」

和尚盯著那顆頭看。

「啊，是那個男人。」

是躲在櫥子裡的男人。那麼，終究是變成這局面了。死的不會只是吾吉一個人喔，園子說過，屁股的復仇的第二位對象，出現了。

「喂！在這種地方，飛來了女人的髮髻啊。這個髮髻是桃割的形式。是從頭髮的髮根連根拔起的呢。」

聽得到有個人在稍遠的地方這樣叫著。

「這麼一說，這裡飛來了一隻女人的木屐。那麼，女人也被撞了嗎？」天似乎變亮了，聚集了相當多的人。就在那時候，發現了木屐的男人發出顛狂的叫聲。

「啊，發現女人的屍體了！飛到水溝裡了。只有鼻子露出來。欸，不是還活著嗎？為了不沉到水裡，她用手撐著耶。」

急著馬上跑過去的是和尚。

他用力地抓住領口，從水裡抓了上來。是園子。園子張開了雙眼。

和尚不禁大叫出聲。「啊啊，妳是裝死啊。我看穿了。」

頭髮被拔得一乾二淨。其他地方完全沒有傷。不清楚是因為頭髮被拔的勁道滾到了水溝？還是因為知道人來了，偷偷躲到水溝裡呢？

可是，和尚宛如看到了這樣的情景。假意要一起死，實則只有頭髮被輾壓的手段。雖說是十八歲的少女，也太恐怖了。

和尚突然亢奮了起來。

「這女人，你假裝要死，卻只殺了男人。從頭就沒有想死吧，壞人！」

和尚把園子放了下來，捲起後面，拉下內褲。露出白白的屁股。

「就是這個，是這個。就是這傢伙。」

和尚像是瘋了，不斷打著她屁股。巡查要把和尚拖走還花了一番力氣。

和尚的舉止，讓人們省去更多疑惑。因為大家認為，和尚是代替園子死去的父親在發火。

然而和尚，還有內心的鬥爭，因此無法被救贖。

就結論來說，吾吉的亡魂一償宿願，把園子剃成光頭了，只有這個成就而已。

頭髮過一年就能長出來了。園子絲毫不困窘。而且，她下定了決心，從今以後，再也不跟人殉情了，要澈底地壓榨、折磨那些蠢蛋。

編按1——潘潘（日語：パンパン），二次大戰後日本紅燈區為駐日美軍提供性服務的慰安婦，一九四六年三月美軍下令關閉慰安所後，許多慰安婦轉往私娼院繼續為美軍服務，而後潘潘用以泛稱沒有固定客戶的妓女。

編按2——遊女，傳統日本，賣淫女子則一般固定被稱作「女郎」、「遊女」，其中級別最高的稱為「太夫」、「花魁」，年輕貌美，對於茶道、和歌、舞藝等皆有造詣，服務對象只限達官貴人。

編按3——佛家裡，師家對弟子的張口喝叱之聲，如當頭棒喝之意。

編按4——桃割，「舞妓」的髮型，正面看似桃子，用的是真髮。另外，「藝妓」的髮型較為方整，為假髮，並遮住耳朵。

肝臟先生

肝臟
大夫

05 肝臟大夫　肝臟先生

是戰爭結束後第二年的八月十五日，伊豆的伊東溫泉舉辦了三浦按針[1]祭，只限當日，伊東市解除所有禁令，旅館或餐飲業可以毫無忌憚地供酒，壽司或豬排飯什麼都能賣，聽說地區司令官發了這樣的通告。

戰爭後疏散到伊東的雕刻家Q的家裡，來了郵件，一如前面所說，伊東溫泉全市都摩拳擦掌等不及了，現在已經充滿活力，當天的壯觀更是可想而知吧。郵件是是請他務必來玩的邀請。

說到戰爭結束第二年的八月，日本開國以來，從來沒有過這麼意氣消沉的時刻。會這麼說是因為在那一年的七月，政府宣告了料理飲食店禁止令，所有餐飲業的營業戛然中止。針對所謂的禁令，一定會出現捷徑，走後門生意就好做，比起正門更有利，禁令大歡迎，這可是亂世的常道。那就是艾爾．卡彭[2]和蜂須賀小六大成功的一頁了。這在今日可說是常識了，不過一開始碰上禁令的歷史性瞬間，因為第一次遇到，只能叫著哎喲哎喲走投無路，就連未來的艾爾．卡彭們也只好關了店束手仰天而已。盛夏的太陽像是惡作劇一樣亮閃閃地灼人，日本所到之處都寂靜無聲。

就在這種時候，只有一天也好，說是要解除禁令，光是聽著心裡都浮動了起來。

我因為太感動了而接受邀約那是當然的，可是當天來接我的朋友臉色不太好，

「那是謠言。我就覺得哪有那麼好的事。大概是所有人都做了同一個夢吧，如果有這種事就太好了。可能不知道是誰，有一個人自暴自棄地隨口講了，結果風傳了全伊東了啊。」

一個溫泉區，酒也不給喝，飯也不給吃，這麼一來，原本依靠觀光客吃飯的小鎮，全市都呈現死氣沉沉的樣子也是沒辦法的。

車站前立了拱門煽動著按針祭的景氣，被電車吐出來的像旅客模樣的，只有我一個，人們擦肩經過的是道路寬度僅僅一點八米左右的黑市，在大路上，攪亂光影的只有帶著熱氣的微風而已。總是獨占人潮的花街也家家閉上了門戶，從業的婦女也早就被請走，這裡已經是死之街道。

「可是，為了安慰你的旅情，我已經另外安排地方了，不要沮喪嘛。你的雙腳好像失去了生氣……」

他安慰著我，「難得你這麼有誠意來了，夢幻的一天卻煙消雲散，我很不好意思拜託你，可是有件事，想要請你盡力幫忙。」

「什麼啊？」

「希望你做一首詩。」

我還沒回話就笑了出來。有生以來，也不是沒有寫過一兩次詩，可是習慣寫散文的我，跟被壓縮的微妙的語感，已經是無緣了，被語言所束縛的話，就失去了物體本身。即物就是散文的本質，就其本質來說，一定得厭惡將焦點放在語言上。

看到我笑了出來，友人像是被打壞了心情。

「算了，好啦，你馬上會明白。」

像是森林裡的魔女在詛咒一般，他說著不甚平靜的句子。

「我有東西給你看。」

他把我帶到工作室。在工作室的正中間，有個詭異的大石頭，被磨到發亮。

「我想給你看的，就是這個石像。」

「石像？」

「嗯。」

「用這石頭做嗎？」

「這是完成的石像啦。」說著，他用憐憫的眼神看了我。

用石頭來迎擊詩歌這個對手，也太無禮了。未來主義是敝人年輕時的家傳絕學，或許有點誇大，不過一聽到有安德烈．布勒東、菲利普．蘇波、路易．阿拉貢、保羅．艾呂 etc 的翻譯，這種奇妙的石頭還不至於讓我眼前一花。說到這事，關於石神（日文讀音讀作 jyakuji 喔）道祖神，敝人長來以來累積的學問還是有的，像是帝釋尊的神體等等，我可是有普遍了解 etc 的學識的。

我酸了他「敗戰以後，您轉到前衛運動了呢」，他臉漲紅了完全不理會。

「這是什麼的石像？」

「肝臟！」

「肝臟？」

「然也！」

「那是什麼意思？」

「那是臟器的意思！」

「臟器？」

「也就是內臟！」

「啊！燒鳥！肝臟！」

「然也！」

超現實主義派的學識也比不上，那可沒辦法。我雖然也寫過偵探小說，但沒看過解剖，很丟臉，不知道肝臟的形狀。可是，做了直徑一點八米的石頭肝臟，這個男人是瘋了。

「肝臟是這種形狀的喔？」

「I don't know！我是看了胃跟腸子跟心臟，然後做了這個。我看的書裡，沒有肝臟的圖。」

「嗯。真是超乎預想的天才啊。是燒鳥店的裝飾嗎？做成招牌會擋到入口，還是當庭石呢。可是，燒鳥店通常都小小的，畢竟是要在眼前燒烤服務客人的店，應該是沒有庭院呢。」

「噓！」

我制止自己。他真的是瘋子。我正想這麼說，他端正地坐著，想要說些什麼，因為坐在椅子上，他乖巧地靠攏雙膝，正覺得他憂鬱地盯著我，結果是一低頭，噗通地掉下一滴水。我驚訝了，這是怎麼了。

「我的好友啊。」

他擦去了淚水，鄭重地指著石頭肝臟。

「這肝臟，是我的畏友，我的老師，醫學士赤城風雨先生的紀念碑。由我們同志集合起來，為了彰顯先生的高風亮節，讓在此閒晃的人們能受到楚楚的微風所薰陶，所以要將石頭放在不太起眼的街頭。你要寫的詩，就是肝臟的碑文喔。」

我因為淚腺太有力，實在跟不上瘋子的節奏。

「詩這種東西啊，是和時間的意識漫長地共存於時代裡的產物。像我這種人，是緊緊貼在像原子彈一樣微塵劫的現實上的，我不會做些什麼給閒晃的人薰陶微風那種玩意。」

「好啦，可以了。你很快會懂的。」

他又開始念咒了。

「不管你裝得多頹廢，聽到赤城風雨醫生充滿苦難和榮光的一生，你不可能不感傷的。你淚腺的螺絲很快就要鬆了。」

他呵呵地笑了，

「接下來我要帶你去烏賊虎那邊，烏賊虎為了招待你，已經準備好酒菜在等了。伊東市雖然是溫泉鎮，不過有一半是漁夫區。烏賊虎是南海的無名漁夫，可是在深深傾慕赤城風雨醫生這點上，他可是最高級的人類喔。戰爭時赤城醫生的醫院人手不足，他去幫忙，一直看護到臨終的瞬間，是最親近陪伴身邊的人。他大概可以讓你住三四天，可以盡情吃到最新鮮的魚，好好聽聽赤城風雨醫生的故事吧。我看你的想法大概會完全改變了。」

「敝人要住在烏賊虎的住處嗎？」

「那是當然啊。要矯正你扭曲的性格，一定得住在那裡。」

就這樣，從魚市場爬一段路才能抵達烏賊虎的家，他們讓我住了五天。可以的話，我甚至想住個五年。

漁夫這類人，其實是親切又溫暖的。一般習慣的早啊晚安之類的招呼，他們完全不講。也不是說他們會用別的伶俐說法來替代，總之，是完全不說話。不管再怎麼親近的關係，就是默默地擦身而過，連頭也不點一下。他們似乎跟魚同化了，已經不說些沒用的話。魚如果跟人打招呼才奇怪啊。有很像鯛魚的人，也有像比目魚一樣的大叔。還有跟鮟康魚長得一模一樣的人，甚至有像是沙丁魚的女孩。就像比目魚族那類，全部都一律只是單純的比目魚族，沒有太郎比目魚或花子比目魚，對他們來說，人族也一律只是人族而已，那種絕對的信任感和同族感，洋溢在漁夫區裡。

比起魚，漁夫更聰明也很和氣。我看到伊東市溫泉區的那一半，有從別的地方過來的小商人打架，但在另外這一半的漁夫區，我知道他們永遠不會打架。年輕漁夫健壯的筋骨，完全奉獻給和風浪的鬥爭，根本不會想到要對同族下手。是和平的，溫暖的小鎮。

清晨三點，螺貝聲已響徹了黑暗的海面。有一百多個年輕人各自從家裡出來。載著他們的十艘左右的小船被大船拉著跑。沒有任何怒喊，也沒有戲劇化的動作。即使天氣差勁狂風大浪的日子也一樣，就只是平平凡凡地出門而已。就是去拉起大謀網。

差不多時間，或是，再早一小時，到近海捕魚的棒受網[3]也出海了。

烏賊虎是棒受網的小領班，在捕漁期，每天都是早上兩點出門，晚上十點回家。不會在家裡睡覺。默默地回到家，拿了手巾去澡堂，不知不覺過了四個小時，又默默地出門而已。應該知道他們跟魚同化的道理了吧。如果出遠洋，一個月，捕鮪魚的話是兩個多月，都要生活在海上。最多也是四十噸的船。只有四疊半的一房睡三十個人左右。除了水以外，漁夫存放食物的空間，只夠放米和鹽而已了。他們只是專心追著魚跑。一整天，追逐著魚。那就是他們的一輩子。他們的父母，再上一代，再上一代，始終如此。而他們知道用海水煮的飯和陸地上的簡直是不能比的美味，剛釣起來的活魚沒有魚腥味，越嚼越甜，也知道讓人吃魚的種種用心，因此十分滿足。他們不嚮往帝國飯店的法國料理。因為他們發現了、也確認過他們的日常餐食比起來更是充溢著豐富的美妙滋味。

伊東市的大川剛好成為溫泉區和漁師區的交界，又名「音無川」。這條河裡能捕到鱵魚和鰻魚，也捉得到行家最愛的日本絨螯蟹。而且在入海口的地方，也能釣得到一公斤多的黑鯛。

漁夫的孩子們整個夏天都抓河裡的魚蟹玩，但不吃。在漁夫鎮，可以把河魚解釋成小孩的玩具，不是拿來吃的。他們說河魚會有種磯臭味。「磯」字原本是「海」的意思，這是一般的日文用法，他們的用法很特別，說河魚或黑鯛是磯臭，完全是看不起了。

在潮吹附近的岩岸，我只要閒逛潮間帶三十分鐘，就能撿到十幾二十個海膽。鮑魚或榮螺也很多。他們雖然把這些當作土產賣給溫泉客，但自己是不吃的。他們的味覺很奇特。不管好壞，沒有像他們那般冥頑不靈的美食家。就像北鬚鯨只吃沙丁魚，鯨鯊專吃鮪魚一樣。簡單說來，他們就是聰明、溫和、正派的魚。

了解漁夫區的這種性格，跟我接下來要講的故事有很深的關係。因為他們很正派，也能跟邪惡的人來往。不管是多善良的人或是多邪惡的人，他們都能來往。

真的，伊東市是不可思議的城鎮。溫泉區和漁夫區，完全不同的東西在一起，總之算是調和了。在溫泉區，很重視名士啦富豪啦等等俗世的評價，搞得吵吵嚷嚷的；在漁夫區，就只有人族而已。在溫泉區，戰火下全日本的房子跟房間都不夠，所以五房左右的宅邸要價兩百萬，兩房的租屋也膨脹到七千、一萬的，可是烏賊虎家的二樓和別室，他也搞不清楚是哪裡的誰，就免費借給其他地區的人。因為房間沒在用，所以免費出借了。烏賊虎的太太手上閒著的時候也會幫忙打掃房間或鋪床，有時候還會幫忙摺棉被。但是，只限她手上沒事的時候。完全不想浪費時間而已。

這樣寫，或許會被認為，為了主張漁夫區的那種善良，我用了過度的誇飾捏造了虛構的聖人。我的朋友們聽到烏賊虎的隨性作派，還免費出借房間，都認為那是超特別的蠢蛋，也只好苦笑地承認世間之大，那種人也是會有一個。就算我說漁夫區全部的人都跟烏賊虎一樣，也不會有人相信我的。然而，我決定不被世人無聊的常識束縛。

漁夫區雖然不在意世俗的名士或富豪，單純只是由人族構成，要說沒有特例嗎？那倒也不是。

這個漁夫區的方言裡，說「厲害」是說「太狂」。就像說烏賊虎太狂的用法。什麼樣的人狂呢？那全是跟魚有關的，不是擁有天下的政治權力或是巨億財富。而且，那太狂的事跡會傳承到子子孫孫。

比如烏賊虎就是那樣。不是說現在的烏賊虎太狂，他三代以前的太祖，釣過誰都沒見過的、一點八米那麼大的有腳的烏賊。因為釣不上來，最後還是跳進海裡一番搏鬥後才抓到它的。

彥先生——三代前的太祖叫作鐮田彥太郎——彥先生太狂了，後來，鐮田家就代代傳承，烏賊彥、烏賊信、烏賊達、烏賊虎，虎的長男，鐮田吉五郎不久應該會被稱為烏賊吉。

祖先有釣鯛魚名人的瀨戶家也是代代被稱為鯛七或是鯛平什麼的，鮪魚久或鯨七或是鯊六的祖先都各自以巨大的魚獸為對手，留下了燦爛的戰績。竹筴魚文，也就是野口文之助是現任漁夫，換句話說是建立了竹筴魚家的第一代，在某個捕不到魚而煩惱的晚夏，他半放棄尋找沙丁魚回航大島方面時，發現了非當季的大群竹筴魚。他把後事託給年輕人，讓他們去追竹筴魚群，自己也嘩地跳進大海，在海裡游了一公里，在今井之浜上岸，沿著天城山麓往前走，到伊東海岸告急。伊東小鎮因為季節外的竹筴魚的豐收熱鬧無比，那是他的一大功勞，阿文真是太狂了，於是就出現了竹筴魚文的名號。就這樣，他的子子孫孫，會被冠上竹筴魚的名號，長久稱頌父祖的功績。

要我指出以下這件事是有點痛苦的：漁師區的人們，體質有若干的畸形。第一他們是冥頑不靈的美食家——換句話說，是偏食的。坐小小的木造船（十五噸到四十噸左右）穿越赤道（不過那是以前的事了。戰後漁區縮小了）出去進行一兩個月的遠洋漁業，除了生水以外，他們只能儲存米和鹽，因為伊東本來是山地，可以耕作的田地很少，就連在陸地上的日常生活，也不能充分攝取蔬菜。不，就算有充分的量，他們或許也不愛吃蔬菜。因為他們是冥頑不靈到極點的美食家。

又，他們勞動的性質，主要是使用上半身。要拉起大謀網，是坐上小船，嘿咻嘿咻地用全身力氣拉起來的工作，大抵漁業工作都是這類的。他們雖然跟魚類一樣，能輕鬆地在海裡遊泳，不過和他們勇猛發達的上半身相較，不得不承認下半身是有若干退化的樣子。因此，漁夫的體格不能說是很健全。即使在寒冷的天氣還是得在水裡勞動的工作性質看來，是豪爽又帶著不健康，如同戰爭中的兵士一樣，不如說整體生活帶著病的傾向。

就是因為這樣，漁夫區跟溫泉區的人們一樣，也都需要醫藥。所以，一位漁夫——烏賊虎和一位醫師締結深交，也並非不可思議。

烏賊虎曾經信仰著赤城風雨醫師。那超越了醫生和病患的交情，到達了人格上的讚美高度，我的朋友Q也是一樣的吧。

「赤城醫生有相當多的患者。也就是，信徒。完全是因為他的人格，裡面也有信徒說醫生的診斷不對，可是他的個性讓人難以忘懷。饒是如此，醫生也不會飄飄然的。如果不是因為醫學上的見識，而是因為人格受到尊敬，醫生本人大概也不會滿足。赤城醫生也是那樣。他是除了醫學以外，完全沒有野心的醫生，像我一樣的信徒對他來說只是好意倒添了麻煩吧。」

這是笑不出來的悲劇。不過赤城風雨醫生一輩子，盡是笑不出來的悲劇。有悲痛，也有滑稽。肝臟醫生，不，這是信徒說的，鎮上一般人稱他為「肝臟大夫」，這是赤城醫生的綽號。應該更認識他的。

友人Q揮舞鑿子，創造出巨大的肝臟——用胃腸和心臟當範本創造出來的肝臟怪物，不是創造中的創造那是什麼吶！把這個放在街道的一角想表彰肝臟醫生的德高望重，乍看之下，感覺到一種惡作劇，似乎是要對稱他為肝臟大夫的全市惡徒的復仇，不過知道了肝臟醫生的生平，就了解了那箇中緣由。Q不全然是自暴自棄。看著胃、腸和心臟做出了肝臟的Q，想通了其中深沉的感慨和藝術家遭遇的渾沌命運，或許也有某種天啟。事到如今，我信了。

諸君在伊東市的街頭某處，肯定能看到Q創作的巨大肝臟。我不能指出在伊東市的哪裡、在哪個街角。那是無名的角落。這樣就行了。放在街頭就行了。而讓我小小聲地坦承好了，很丟臉的，肝臟碑上刻著小生的詩。即使作詩的熱情頗高，但沒能做出像詩的體裁，詩句也缺乏學養，原子彈的隨徒，作詩是不行的。

可是，到底肝臟醫生是誰呢？必須訴說的榮光的時刻已經近了，但不是我講，是由烏賊虎敘述。我只是把故事整理成我的風格的文章而已。下文裡的「我」是烏賊虎。

××××××

赤城醫生本籍在哪裡？這種事不去調閱區公所的戶籍，是不會曉得的。只能確定不是伊東人，這個城鎮很習慣旅客，魚兒也一年到頭都在旅行，誰都不在乎別人是哪裡來的。

醫生是東京的醫生學校的物療科畢業的人。只有這點，大家都知道。為什麼呢？因為開設物療科的大老，是醫生把他當神般讚美的恩師，萬事都希望能跟德高望重的恩師看齊，是醫生長久以來的願望。因為恩師大老明明是大學教授，卻沒有博士學位，是一位奇特的人物，所以醫生也無法拿醫學博士學位[4]。身為小鎮醫生，這可能是很痛苦的，不過因為不得不跟恩師看齊，也沒辦法。

「汝為何人？」被這麼一問，人們可能當場會回答肝臟醫生，先生卻回答余為雙腳醫生。小鎮醫生，是不輸給風，不輸給雨，得是經常奔走而不知疲勞的雙腳。若天城山的深谷處燒製煤炭的小屋裡有病人，他馬上纏上綁腳，撥開雲層，全速跑起來。若小島上有吐血的漁夫，乘上小船，不以萬里怒濤為意，只能快速疾走。那就是小鎮醫生。

小鎮醫生不得不犧牲私人生活。聽到急病的患者通知，深夜得從床上躍起出門，也要在吃飯時丟下筷子疾行。想想生病的人的心情吧。想想陪病的人的心情吧。身為雙腳醫生，先生的夙願是誠實地活著，這個城鎮的人們，因為醫生的存在，能夠心安，欣喜於這般微小的事實，他曾想能夠貫徹謹小慎微的一生就夠了。

在那時，發生戰爭了，這改變了醫生的命運。事情是從昭和十二年底左右開始，醫生察覺到一件奇怪的事。他看的所有患者，幾乎是全部，肝臟都腫了起來。他對這怪事感到驚訝，不論是腳氣症患者，或是頭痛的患者，一看胸口檢查肝臟，毫無例外肝臟都是腫的。無疑是肝炎症狀。

醫生試著查了文獻，當然沒有任何地方寫著「所有病患都是肝炎」之類的紀錄。問了前輩，回答大概是伊東地區的風土病。

但是前來求診的不限於伊東市民。因為是知名溫泉地，觀光客從全日本來到這裡。那些人也前來看診，一檢查，所有人的肝臟都腫脹。這麼一來就是全國性的現象了，不可能是只限於伊東市一地的風土疾病。

醫生因為過於奇怪的現象而混亂。一時簡直要懷疑自己的眼睛。

到那時候為止，醫生尤其以呼吸系統的醫生自任，呼吸系統病的侵略，在日本呈現了如同風土病的現象，許多有為的人材人生才到一半就吐血而亡，簡直帶有亡國病的慘狀。和這個病菌搏鬥，到伊豆的偏鄉，《曾我物語》[5]發祥之地，久須美莊園的故地，要以自身拚命的死鬥，要斷絕這病菌的禍根！醫生純粹地這樣如此念想，如此奮鬥。

然而，什麼呢。

醫生這麼想。這可不行。搞得不好，惡魔已經定居下來了。是在嘲笑我拚死拚活地跟呼吸系統的疾病搏鬥嗎？

不！不！不可以想什麼惡魔。這是神的考驗。醫生鎮定了，重新思考。

但是，對一介的小鎮醫生赤城風雨這種人，神明要賜下什麼考驗呢？自己只是希望能完成一個雙腳醫生的天命而已，其他應該沒有太多盼望了。不期待名聲，不奢求地位，也不冀望財富。病人貧困的話，不屈於風雨，持續看診三年五年，也沒有一分錢的診療費入帳。還在每次給藥的時候，偷偷地添上雞蛋或新鮮水果或魚類等等，期待能早日康復。神明會不會認為這是偽善的行為而憎恨呢。

身為一介用雙腳看病的醫生，想成就自己的志向，事到如今也沒想要再回到研究室了。那裡聚齊了大有為的人材，不分晝夜從事研究工作。雙腳醫生，有雙腳醫生的本分，從事個別的患者的治療，讓他們能回復到更健康的生活，是微小但尊貴的工作。

然而，這到底是什麼事呢。全部的患者都肝臟腫脹！神明特別選上了赤城風雨給了這個考驗嗎？

醫生的苦悶是認真的。因為他思索良久，認為窮究肝炎的真相，公諸於世，大概是神明的意志吧。

可是，醫生終究回到了自己應該走的道路。用學理來闡明肝臟的謎題，並不是自己的任務。那是研究室的人們應該擔負的角色。

身為一介雙腳醫生，決定了自己應該成全的志向，終究是該貫徹身為臨床醫生的本分。粉骨碎骨從事治療，緩和病人的痛苦，只為了更快地治癒病人而辛勞，重要的是成為伊豆偏鄉裡幾百個人的手足。

這麼一想，醫生就安心了。不，這麼一想，從那時候開始，就更燃起了熊熊的鬥志，為了緩和來求診的所有人肝臟的痛苦，他在心中有著堅實的盼望。

於是醫生冷靜再冷靜，仔細地觀察毫無例外的腫脹肝臟，發現了一種慢性的進行性肝炎，它有很強烈的傳染性。家中只要有一個人被這種肝炎侵襲，幾年裡面，全家人都會被傳染，這是確定的。

於此醫生從這些地方得到了結論。這東西就是戰爭帶來的惡作劇調皮鬼的老么吧。哥倫布帶回來的病菌一下子就侵略了全世界，也是戰爭害的。雖說侵略鎖國的另一天地——日本，花了最多的時間，梅毒的侵略只比歐洲晚了六十年，就讓日本人的鼻子掉下來了。

日中戰爭後，日本和中國大陸進行了龐大的人員、物資的大交流，也進口了大陸的肝炎。一開始醫生稱此為大陸流感。就像西班牙流感入侵心臟，大陸流感侵襲的是肝臟。肝炎本來容易伴隨著感冒症狀，肝病患者也容易感冒。

就這樣，由大陸傳來的流感性肝炎貌似將侵襲全日本，病毒的厲害到了來赤城風雨醫生的診療室敲門的所有患者都是肝臟腫脹的狀況。

醫生將這個病症命名為「流行性肝炎」，向患者說明，不過他發現用黃疸流感告訴鎮上的人們，是最明白易懂的。

從那時以來，醫生廢寢忘食，埋頭在流行性肝炎的臨床研究中。接著研究了幾種處治方式，患者的肝臟痛因此迅速好轉，聽說了這件事前來求診的肝病患者快速增加，呼吸病的患者突然消失無蹤了。

不過醫生憂慮的是，很多人並不自覺患有肝臟疾病。現在沒有自覺，但大半的日本人正被流行性肝炎所侵襲。要怎麼告知大家，給予正確的治療呢。醫生焦灼得不得了。

那是昭和十四年的新年，在某家茶宴的事情。

餘興節目有抽籤遊戲。結果，有一個女孩抽到的籤上寫著「赤城風雨醫生」。座上的人們都睜大了眼睛，捏著汗等著看會中什麼獎。讀出來的回答是四個字的，「肝臟醫生」。

獎品是牛肉的大和煮罐頭。把這個放在大象拉的四輪車上，接著長長的繩子，有可以拉的機關。

司儀站了起來，「那麼，這個獎品有一個規定。首先，中獎的人要把大和煮的罐頭放在赤城醫生的頭上。赤城醫生不能讓頭上的罐頭掉下來，請拉著大象，繞著座位三圈。」

抽到籤的女孩美麗又嫻雅，是小鎮上素有名氣的大小姐。對這件意外之事感到驚訝的是赤城醫生和大小姐，座上客人全都起鬨著，開心極了，大大喝采。

大小姐也沒輒了。她下了決心，把罐頭放在赤城醫生頭上。這麼一來醫生也要站起來了，可是罐頭像是快掉下來了，所以輕輕地用手按住，牽著大象，靜靜地繞了三圈。拍手喝采，呼喊也沒停過。

值得紀念的一天。

真正是愚蠢至極的故事。赤城醫生到了這一天，才第一次知道自己被鎮上的人們叫做「肝臟醫生」。

醫生感慨萬千。

醫生和肝炎的相遇，一開始就衍生出戲劇性的怪奇突梯性質，煩悶和煩亂，一下子把醫生帶到東，一下子帶到西。一天又一天，醫生因此不惜削骨割肉，滴汗滲血，然而還是不夠力氣，患者激增，流行性肝炎持續侵略日本全土。是令他想慟哭的悲傷。

但是，這一天，不停的拍手、大喝采的聲音，停留在耳朵裡，靜坐冥想的醫生，深深地在心中期待了。這就是神所啟示的訊號吧。不要慟哭了。不要狐疑了。莫再嘆哭力量不足了。被稱作肝臟醫生才是光榮的。獻上餘生，擠出血淚，削骨割肉，只要尚有氣息，就跟肝炎拚了！

拚了！拚了！和肝炎拚了！

拚了！拚了！

拚了！

××××××

某一天，先生在好古堂骨董店，拿起仿冒萬曆物的小茶碗看著，結果從路旁跑進來騎腳踏車的男人，在店前面下了車就跟人站著講起話來。

「您家的女孩不是生病了嗎？好多了嗎？」

「那個啊，好像總是不好呢。」

「還沒好轉嗎？」

「所以，嗯，我想去醫生那裡問問。」

「嗯嗯，哪位醫生？」

「我們家啊，都是去找赤城醫生。」

「什麼，如果是那位醫生，就一定會說是肝病的啦。」

男人沒趣地丟下這句話，騎上腳踏車，說了一句保重，就離開了。醫生隔著玻璃窗聽到了對話。

又，某一天醫生到了醫師會的辦公室，結果在二樓聽到了話聲，他聽過這兩個聲音，兩位都是這個小鎮的開業醫生。

「這鎮上也出現了法國醫生呢。」

「怎麼一回事?」

「啊哈哈,法國醫生的常識是會把腸胃弱說成是肝不好啊。」

「嗯。我那邊也出現了新患者了。聽說最近把流感說成肝炎的人變多了。嗯,好像是出現了赤城氏肝炎的樣子。不只是流感,肋膜炎也是,全都變成肝炎了。要注意不要感染了喔。啊哈哈。」

醫生聽了很悶,可是又振作了。人家想要怎麼說就讓他們說吧。不能對人生氣。只要能行你所信的正道就足矣。

醫生不想讓這兩位醫生不舒服,於是躡手躡腳悄悄離開了。

不過,所有患者都是肝臟被侵害,這事情在醫生的診療間已經是無法動搖的事實了。東京的親友和前輩,也會寫推薦信介紹患者過來。本來也有其他疾病的患者,但一查,毫無例外都有肝炎。這事實困擾著醫生,不禁從心底大叫麻煩啦麻煩啦。

醫生真沒輒了，雖然想要平靜地對患者說「肝臟也不太好喔」，可是就是很在意這個「也」字，會古怪地太用力。接下來醫生每次看診時，都不得不和這個「也」字搏鬥，和自責的痛苦搏鬥。所有患者都罹患了肝炎，這個難以憾動的事實，為什麼讓人這麼膽怯呢。醫生也懊惱著自己的不中用。

就在這時候，發生了一件事，給了醫生莫大的勇氣。

那是昭和十五年，十二月二十日。每年的這一天，是由門下學生所舉辦的大老恩師的謝師會的日子。醫生居住的伊東，連火車都沒通車，在這地方開業以後，十二年間，都沒能參加謝師會，但終於通車了，醫生就出門了。

隆重的謝師會。圍繞著恩師，齊集了三百名弟子。從天下知名的學者到醫局的年輕學者，聚集精銳的盛宴，一門的威風堂堂地洋溢於場內，在東海的偏鄉以雙腳醫生自任的先生，像是歡喜又像是膽怯一樣，在同門的威風下縮著身子。

晚會一開始，被指名的人們發言了，因為久未出席的緣故，先生也被點名，不得不打招呼了。

「源賴朝被流放、日蓮上人被流放的遙遠小島般的小鎮，在戰爭以後，也興建了溫泉療養所，就像是我們物療科的延長的感覺，有幸能和那邊的諸位醫生親近，真像是還在醫局般的心情，日夜都打從心底感到開心。在孤島般的地方開業，所以謝師會我總是缺席，不過有賴溫泉療養所的醫生們，能喚起在醫局懷念的心情，今天也百感交集來到這裡，能拜見大老師清朗的容顏，又拜見三河教授明明日夜忙碌也還是健康的神情，能看到前輩的醫生們以及醫局的醫生們，我也年輕了十五六歲，現在不禁有浦島太郎之感。在這裡向大家致上謝意。」

醫生點頭致意之後，「那麼，接下來，我有一事想拜託。昭和七年滿洲事變以後，我慢慢發現了亞黃疸患者的肝臟肥大問題，當時只覺得有點奇怪，沒有太留心。不過，從昭和十二年左右開始，每一年這類患者都急速增加，而且，變得非常多，尤其感冒患者普遍都有肝臟肥大和壓痛。於是在這四、五年，我不得不對患者一一地說，『你也是肝臟不好』，『你也是』，『你也是』，所以很多人說『那個醫生是肝臟醫生，去他那裡，每個人都會被說成肝臟有問題』，因此轉去找別的醫生的人也變多了，可是另一方面，也有一些讓我開心的時候，患者千里迢迢還找了住處，來找我看肝臟問題。到了最近，流感的患者、肺炎患者、腸胃患者的八九成以上，觸診都有肝臟的肥大壓痛，從昭和十二年底到現在，我已經處理了兩千例或更多的這類患者，集合以上病例，我想應該把病名命名為流行性肝炎或是流感性肝炎。我認為跟從中國大陸帶來的流感有關。不管如何，面對這麼多患者，說出你也是肝臟不好，你也是，你也是，患者當中也會有人認為是詐欺，連同業的人都把我看成詐欺犯，說我是法國大夫之類，到處說什麼赤城氏肝炎等等，這樣一來，我很害怕會傷害我們物療物的名譽，背叛老師的大恩大德，甚至可能會褻瀆溫泉療養所的醫生們耀眼的業績。在這裡想要拜託各位的是，想要報告這個事實，希望能成為篤學的各位的研究參考。借用謝師會的場合，期待各位對這件事的關注和研究。」

醫生說完要坐下的時候，話還沒停，長崎醫大的角尾教授馬上站了起來。這位教授後來死於原爆。

「聽了赤城醫生剛才的一席話，我既是感動又是尊敬。在人口鮮少的偏鄉診療室，能看到這個事實，並能診療醫治，這證明了同氏的研究熱誠、深刻的學識以及身為醫師的良心。戰爭以來，尤其到了最近幾年，肝臟疾病患者持續激增，是事實，而我們在診療時，就像要檢尿、檢便一樣，也有必要診查所有患者的肝臟。因為赤城先生說到，我也想要說一句，提供大家參考。」

醫生感動到眼前一黑，站了起來，「沒想到能得到角尾醫生的激勵，在孤島上一個人眺望著流放處的月亮過日子的肝臟醫生，現在的心情就像在被封閉的冬天收到春日暖陽的來訪訊息。『診療時，就像檢尿和檢便，也要看肝臟』，您的話語，應該成為我們臨床者的金句，銘記在心，終生不忘。真的非常感謝。」

先生說完坐下時，又有一位馬上站了起來。九條武子建設的「ASOKA 醫院」院長大角醫生。

「剛才說到的，是我最近也切身感覺到的事實，近年的流感患者可以說都有肝病。之前西班牙流感流行的時候，也有肝臟肥大伴隨的壓痛，現在還有留下後遺症的患者，我只要問那類患者，你得過西班牙流感吧，就會知道這個推斷是沒問題的。」

大角院長單刀直入地說完後坐了下來，因為這是赤城醫生日常生活最常經驗的事，那感動和感謝，只能以淚水表達而已。因為太感動，也沒有能感謝的話語了，只能站起來，說著「真的太感謝了」，就已經用盡力氣了。

那時候恩師的大老破顏一笑，「今天的主角不是我，完全是赤城風雨醫生呢。」說著，用溫柔的眼神看著赤城醫生。赤城醫生很想挖個洞躲起來，不過長崎醫大的角尾教授、ASOKA 醫院的大角院長都是肝臟方面的權威，能得到他們的贊成和鼓勵，就像是得到千千萬萬的支持，從內心深處湧起的喜悅和勇氣，是無以倫比的。

××××××

這個溫泉小鎮，也開始實施社會健康保險制度了。是全部鎮民加入的國民健康保險。

醫生自我期許是小鎮的雙腳醫生，所以不惜當先協助這個不賺錢的制度。因此，醫生的患者大多是國民健保的不賺錢患者，自然而然的，要交給縣的國民健康保險報帳的申請書多達其他醫生的幾倍、幾十倍。

可是，醫生龐大的申請書上記載的患者大多數照例是肝炎。如果寄出了亂七八糟的申請書，保險課的組員會不開心也是當然的，於是就有一份公文寄到了醫生那邊——

至急〇保第九九二號

昭和十七年四月十五日　靜岡縣醫師會健康保險部

赤城風雨先生

社會健康保險三月份申報請求之件

醫生所提出的申請書中，對下列患者實施的葡萄糖注射，以及上述注射的使用理由，請具體地回答及照會。

記

葡萄糖次數	病名	患者姓名
七	流行性肝炎	黑堀八重子
二十		黑堀多吉
九		落合芳太郎
二六		赤本里多
四		炭山八五郎
一二		太田太郎
三		木崎玉太郎

醫生看了信心情很不好。注射葡萄糖到肝臟是理所當然的治療。所有醫生都會這麼做，就算是國民健康保險的職員，照理也不可能不知道這件事。明明如此，卻要人具體回答上述注射的理由，實在太莫名其妙。

簡直是在懷疑醫生的醫學知識，如果不是這樣，就是在質疑醫生從事不法行為。

換句話說，這個職員，就像鎮上的人把醫生鄙夷成肝臟醫生，也因為他的患者都是肝病而認為醫生在詐欺。醫生察覺到這點，馬上寄了回信——

拜復　拜讀了昭和十七年四月十五日的信件。葡萄糖注射是治療肝病不可或缺的程序，這是醫生的常識，確認的來函，我想若因敝人申請的患者幾乎全部是流行性肝炎，我推測您認為此事或有可疑，對此回答如下。

小生診察的流行性感冒患者中，有亞黃疸或是中等度的黃疸，且伴隨著肝臟肥大及壓痛，發覺此事以後，這四五年這類患者急速地增加中。在當地，也被稱為赤城氏肝炎或是黃疸流感、流行性肝炎。的確是如流行性肝炎一名所示，蔓延到了全國，然而，很憂慮小生以外的醫師連記載流行性肝炎的病名的健康保險報酬申請書都沒有。流行性感炎如此大逞猛威之時，為了無法適當被治療的病人，為了國家，不是應當寒心嗎。這類肝炎從滿洲事變以來一點一滴地入侵日本，從昭和十三年左右急速地增加、擴散，也已證實滲透到國民的全體階層了。我擔憂在國防醫學上，應該要付出和牛痘、鼠疫、瘧疾、霍亂等相當的或是更高的注意。這樣的事實我確信在您身邊應該也有，請務必前來診療室實際看看。我等您大駕光臨。

寫了信寄出去，縣的保險課沒派人來，也沒再寄公文過來。而那之後醫生的申請書，流行性肝炎的病名越來越增加，葡萄糖的使用量激增，那並非有意為難，而只是使醫生憂慮的狀態越來越嚴重了。撲滅肝炎才是醫生賭上性命的大願。雖然如此，葡萄糖的使用量還是每天都在增加。唉聲嘆氣的，正是醫生。

從戰爭開頭時，我就到醫生的醫院打掃、砍柴，也會幫忙田地的工作。因為女僕被徵用，醫生娘一個人忙不過來。

醫生沒請護士。那因為醫生對患者付出的良心太深刻了。注射器的保養也是醫生自己來，調配藥劑也是醫生做。如果交給護士，他怕容易太隨便，醫生是所有的事都得事必躬親才行的。如果是小醫院還好，那可是比公寓還大的建築。不過醫生很少讓病人住院，相對的，他自許是雙腳的醫生，不管患者住得多遠，就算是半夜他也會前去看診。

醫生是最熱情的愛國人士，可是因為醫學上的信念，發生了跟軍部強烈對立的事件。

戰事正酣，鎮上一流的溫泉旅館有八間被徵收使用了，作為傷兵和治療所相關人士的宿舍。其中最大的旅館是紫雲閣，住在那裡的傷兵出現了傷寒症狀。軍醫調查之後，說有一個女僕是帶菌者，所以要隔離全部的從業員。

可是紫雲閣的老闆仔細一看，即使是從外行人的眼睛看來，女中看起來完全沒有不健康的臉色，動作也沒有奇怪之處，怎麼樣都不像是傷寒。

於是老闆帶了女中去赤城醫院。他故意隱瞞傷寒的說法，只是說不知為何好像樣子很奇怪，希望能澈底檢查。

赤城醫生就照著對方的說法，仔仔細細診察了全身。他看清楚只有流行性肝炎的症狀，其他沒有任何問題，就交代「暫時先注射和吃藥一陣子，注意飲食的話，一定會治好」，結果紫雲閣的老闆問了，「是嗎？真的只有肝臟不好嗎？」比起擔心，更是認真的表情。

「確實只有肝臟問題，沒什麼好擔心的。」

「不是傷寒或痢疾吧？」

「絕對沒問題。」

「我們擔心是傷寒或痢疾。」

「不用擔心。」

「是嗎？謝謝您。」

主人一邊鬆了一口氣，但心裡總還是疑雲未解，「如果得了傷寒，會有什麼症狀嗎？」

「不，絕對沒問題喔。除了肝臟以外，沒有別的地方不妥。」

於是老闆把女僕帶走了。

這是觸怒軍部事件的開頭。

聽了老闆和女僕的報告，全部人員團結了起來，陳情反對隔離。赤城醫生仔細地檢查過，診斷結果沒有傷寒的可疑，所以沒必要被隔離——這是旅館人員的說法。

可是因為軍醫診斷是傷寒，命令了全員隔離，所以不接受陳情。一行人被隔離了，但因為赤城先生仔細檢查過，不用隔離，大家哪能待在隔離室，一行人擅自脫逃，每天到鎮上遊玩。震怒的是軍部。

不服從軍人命令，傷害了威信的可恨傢伙！那元凶就是赤城風雨，亡國的肝臟醫生。我們可不會善罷甘休，看著吧。

於是採了全部人員的糞便，每天都不畏風雨，固執地送到東京的軍醫學校化驗。即使賭上軍隊的威信，也要在從業人員的糞便裡檢出傷寒菌。

赤城醫生雖然知道從業人員每天都會被檢便，但他沒發現是起於對自己的報復心。他以為軍醫們熱衷研究，對研究那麼熱心，那真是意外的幸福，可以一起攜手探究肝炎的真相了。

於是某一天，他到了軍中的治療所，和軍醫部長見面，「您似乎每天都為溫泉旅館的全部人員檢便，我非常敬佩您熱心的研究態度。醫生如果都是這樣的話，病人該多麼幸福啊。而一國的健全發展，也會因此得到多大的進步呢。可是據我的診斷，病菌不是潛伏在糞便裡。但是，他們確實是傳染病，這是無可疑的事實，我把這個病命名為流行性肝炎。那是伴隨流行性感冒而發作的肝炎，伴隨著肝臟肥大和壓痛，雖然有傳染力，但病源菌還沒能確定。從昭和十二年年底以來，我已經發現了這個特異的肝臟疾病……」他詳細坦白了直到目前為止的研究成果，又說「在軍方的全盛時代，我拜見了各位軍醫在工作上的熱情，對研究如此熱心的態度，感激至極，同時也希望如果能得到熱誠的各位的協助，就能解析流行性肝炎的真相，很期待您的踴躍相助。若能舉軍醫學校的能力來檢查，連醫學大學的全部能力都遠遠不足，一定能得到遠大的成果。希望您務必接受我的請求，來進行流行性肝炎的研究。」醫生開誠布公地說明自己的誠意。

對此，軍醫部長的回答是傲慢地瞪著醫生，只說了一句，「我會盡可能嚴格檢查。」像是把這話扔到他臉上一樣，好像是期待著什麼，「看吧，會讓你待不下去連夜逃亡。」有股讓人不愉快的勝利的確信。

醫生呆住了，不得不離開。

就這樣，軍醫們不論是睡是醒都是檢便再檢便，衛生兵最忙了，摀著鼻子採便，收集糞便，每天坐第二班電車急急忙忙送到東京的軍醫學校檢查。持續了五十幾天，終究傷寒菌沒現身。即使有軍部的威信，只證明了一個平凡的事實：

從健康的人體檢出傷寒菌是不可能的。托福，肝臟醫生不用連夜逃走，也不需要被丟進監牢。

但是，和軍隊的孽緣就從此開始了。

醫生唯一的知心好友，一位年老的女中豪傑，怨恨軍隊而自殺了。這位女傑是蔦蔓旅館的女老闆，深知醫生的為人，對他很好。

她最明白醫生被貶為肝臟醫生，其實正是他的榮耀。那是先知的悲劇，也是預言者的宿命。認識真理的人，經常是孤絕的，不得不步上荊棘之路。

兩人以茶會友，也是詩歌之友。

因為她很豪爽，敵人也多。有人密告她。說每次B29轟炸機經過，她就晒衣服，揮舞手帕做暗號。

她被叫去了憲兵隊。因為無憑無據，嫌疑是洗刷了，可是怒向心頭，責怪了軍部的無禮，憲兵的大老對著她先是嘿嘿地笑，又怒吼道，「像妳這種用不規矩的生意賺錢的傢伙是國賊啦，趕快去死一死。」

最熱烈的愛國者的痛憤該有多深。她把身受的侮辱在遺書裡一一細數，當晚，就投身在懷念的故鄉大海裡了。

留下了一首詩給肝臟醫生——

身為女子怒火至極
肝臟醫生可莫要輸

遺作還附上了山吹花。大概是要傳達開花但不會結實的悲傷吧。收到了遺作，醫生慟哭了。

不巧是女老闆葬禮正要開始的時候。如果是一般時候，會是鎮上少有的盛葬，接受了她的慈愛關懷的人們，或許會從戰地、或是離開工場去送別，然而怨恨軍方而殉死的女傑，陪著她走最後一程的人很少。

有一個穿著一件 Polo 衫，溼答答地跑過來的女人。她住在遙遠的海岸邊小島，為了拜託醫生前去看診，划了小船過來。她的父親生病了。已經幾天都沒進食，全身染了黃色，瘦骨嶙峋像是沒有明天。

醫生嘆息了。

這場寂寥的喪禮啊，太悲傷了吧。不過讓遠從孤島划著小船來的女孩等著，讓在孤島生著肝病盼望醫生的病人等著，還能待得住嗎？

「妳為什麼全身溼淋淋的啊？」

「是這樣的，每次一看到敵機，就跳進海裡躲飛機。」

那天載艦機也頻頻丟下炸彈。空襲警報不間斷地施發號令。

「好。我知道了，我馬上去。」

他把手搭在女孩肩頭，溫和地安慰了她，端坐在棺材前，瞑目合掌，「島上有病人等著我。我不能不去。只有妳會因此開心吧。肝臟醫生不會輸的。」

他深深地敬了禮，之後就拚命跑起來。跑到醫院，抓了藥包，讓我跟著，就到了海邊。

三人坐上了小船。我抓住了船槳，在海上，聽著遙遠的陸地上的空襲聲。那太寂寞，太恐怖了。望眼過去，海上連一艘船都沒有。在岸邊也沒有人影。風啊。浪啊。把這船送到島上吧。再近一點。

醫生在船裡用力握著女孩的手，看了顏色。那是醫生診察是否患有肝臟疾病的一開始的方法。

「妳果然也是得了肝臟病。」

醫生已經是肝臟的鬼了。慈愛的眼神，轉變為嚴厲的窮究病理的眼神。

醫生將手貼在肝區，用力壓著，診察肝臟。

「是流行性肝炎。但是可以安心喔。一到你家，我馬上給妳能治好這病的藥。」

剛好就是在醫生講這話的時候。聽到爆炸的聲音了。很快地接近了。來到這裡了！

剛覺得不妙的瞬間，我也毫無辦法，只能縮著身體等而已，

「趴下！趴下！」

醫生大叫了。他憤怒地瞪著無法趴下的我。但醫生並沒有趴下。飛機對準了我們的小船急速下降。醫生只是直直瞪著那艘飛機。震耳欲聾的爆炸聲。全部都翻了過來。

回神過來，我已經在海上漂著了。旁邊是破成兩半的小船。女孩咬著牙，浮在海面。然而，醫生不見蹤影。

於是醫生永遠地不見蹤影了。無法再見到他了。沒有任何遺物被打到沙灘上。

壯烈的最後的人生。但不論如何，也太慚愧了。為什麼不是我去死而醫生得救呢。

想來連地上都完全沒有人影時，只有一艘小船在海上漂浮，實在太過冒險了。敵機當然會誤認那是軍事用的船舶。

我茫茫然，只是等著醫生，在海上漂浮著。不久，到了黃昏時刻，警報也解除了，我們被救助艇救了起來。女孩雖然手腕受了傷，但是她是很堅強的女孩，和我一起拚命到了最後。

就算被人救了起來，女孩只是低著頭，一句話也沒說，像是醫生因為自己而喪生的自責，讓她失去所有的語言。

×××××

如此，肝臟醫生回到相模灣的無底深淵了。

從烏賊虎那邊聽完醫生一生的事蹟，我感動至極。這樣的仁者，這樣粉身碎骨的騎士，在事業的中途就化為海底藻屑的悲哀呀。這真的是太壯烈的終局了。

想到如今俯瞰的南海夏日陽光照耀的閃閃的大海裡，歸於無有的醫生，如果其中漂浮了任何如放射能般殘留了下來的東西……想到這裡，實在讓人悲傷不已。

我忍不住感到斷腸般的熱淚。雖然知道自己的無力，也對能為這位偉大醫師寫下碑銘的光榮而亢奮，緊緊地握住筆，寫下了——

這個鎮上曾經住了仁心仁術的騎士
為了鎮民，為了成就雙腳醫生的微小的生涯，孜孜不倦地奮鬥努力
如果天城山的製炭小屋裡有因黃疸而苦的男人，他會丟了筷子纏上綁腿，撥開雲霧在山林中奔走。
如果孤島上有吐血的漁夫，他會一直線地跑向海邊，乘風破浪，迎向島上
斷了一條腿會用另一隻腳跑過去
斷了兩條腿會用手奔跑
腳和手都斷了光用脖子也要奔跑
疲累也得跑
睡了也得跑
我是微小的雙腳醫生跑了又跑我曾以為終此生涯將如此奔走

而天竟不容
看了為肺病所苦的人肝臟腫了起來
看了因胃腸而痛的人肝臟腫了起來
得了感冒咳嗽的人肝臟也腫了起來
最後看的病患沒有人肝臟不腫脹
流行性肝炎！
流行性肝炎！
戰禍竟然演變至此
中國大陸的流感型肝炎跨海入侵
日本全境的肝臟都肥大患者主訴肝臟壓痛
路上的行人全都是肝炎煩悶
看到患者就急忙握住葡萄糖注射器
要防止肝臟肥大！治好肝炎！

和流行性肝炎拚啦！戰鬥！
這麼吶喊著，到鎮上、到村裡、到山中、到海邊
為了注射跑了又跑
人稱肝臟醫生也絕對不退卻
山裡雖然有山豬也去看診
腳底刺進了海膽的刺，還沒完成注射目的也不會倒下來
最終因為在孤島生了肝臟病的一位父親
不畏空襲警報划了又划
海上遙遙的彼方
敵機往下爆擊，瞬間不見肝臟醫生的身影
雙腳醫生成就了肝臟醫生的騎士道
醫生的五體四散紛飛
但而肝臟醫生不死

在海底叫喚著
治好肝臟！治好肝臟！
在懷念的伊東小鎮上叫著
那個人也是肝病這個人也是肝病
肝臟騎士所住的小鎮
他一路行來的道路的高貴
路上的人啊
請側耳傾聽
不論何時肝臟醫生的慈愛的話語在這條路上不應斷絕
治好肝臟
奮鬥吧！奮鬥吧！和流行性肝炎奮鬥吧！
奮鬥吧！奮鬥！
奮鬥吧！

譯註1——三浦按針，威廉亞當斯（西元一五六四至一六二〇年），英國航海家，一六〇〇年時到日本，後來成為德川家康的外交顧問，受賜「三浦按針」之名。三浦按針祭始於一九四七年。

編按2——艾爾・卡彭（Al Capone，西元一八九九至九四七年），綽號疤面（Scarface），美國黑幫分子與商人，在禁酒時期藉由暴力手段擴大非法的私酒生意，成為芝加哥犯罪集團聯合創始人。

編按3——棒受網，一種於船的兩側利用光源吸引趨光性強的魚類前來聚集以達成捕撈目的的漁法。

譯註4——日本的師生階級中，老師沒拿到博士學位，學生只好忍耐不拿。

編按5——以鎌倉時代初期的曾我兄弟復仇事件為背景的故事。